KB078538

전 야 님,

부 활 하 셨 도 다

# 천마님, 부활하셨도다 2

정영교 新무협 판타지 소설

초판 1쇄 찍은 날 § 2017년 2월 7일
초판 1쇄 펴낸 날 § 2017년 2월 14일

지은이 § 정영교
펴낸이 § 서경석

편집책임 § 이지연

펴낸곳 § 도서출판 청어람
등록번호 § 제387-1999-000006호
등록일자 § 1999. 5. 31
어람번호 § 제2-2699호

주소 § 경기도 부천시 부일로 483번길 40 서경B/D 3F (우) 14640
전화 § 032-656-4452 팩스 § 032-656-4453
http://www.chungeoram.com
E-mail § chungeorambook@daum.net

ⓒ 정영교, 2017

ISBN 979-11-04-91195-8 04810
ISBN 979-11-04-91193-4 (세트)

천마님,
부활
하셨도다

정영교 新무협 판타지 소설
FANTASTIC ORIENTAL HEROES

②

도서출판 청어람

# 10장
## 위험한 식사 자리

믿고 있는 바가 있어 자신만만하게 방을 박차고 들어왔던 사마방이다.

하지만 막상 천마의 거친 욕을 듣는 순간, 어찌할 바를 몰랐다.

원래 그가 알고 있던 사마영천은 무공이 제법이었지만 사람이 너무 순해 대하는 데 어렵지 않았다.

'정말 그 자식이 맞는 거야?'

욕도 욕이었지만 그와 눈이 마주치는 순간, 알 수 없는 위압감에 사로잡혔다.

무공이 폐해진 자가 아니라 마치 일대를 풍미한 패자에게 서나 뿜어져 나올 그런 기세였다.

'도… 도대체 이 자식 뭐란 말이야?'

천마는 여전히 약재를 정제하는 작업에서 손을 떼지 않고 있었다.

잠시 말문이 막혔던 사마방이 떨리는 목소리로 입을 뗐다.

"내… 내가 왜 이곳에 온 줄 아느냐?"

"네놈이 이곳에 온 이유 따위를 내가 어찌 아느냐, 미련한 놈."

"크윽."

한번 두려움을 느끼자 쉽게 대응하는 것이 힘들었다.

원래는 준비한 패를 꺼내 천마를 협박하려 했던 사마방이었다.

하지만 그 패를 꺼내기도 전에 도리어 겁을 먹고 말았다.

'젠장, 내가 왜 이런 더러운 핏줄 놈한테 조는 거야.'

사마방은 겁에 질렸지만 한편으로 이런 자신이 짜증 나기 시작했다.

그렇게 무시했던 놈인데 자신을 두렵게 만든다는 것이 말이 되는가.

생각이 거기에까지 미치자 사마방의 표정이 바뀌었다.

"이… 이유를 알게 된다면 그런 태도는 못 취할 거다, 이 더러운 핏줄 놈아!"

여전히 그의 목소리는 떨렸지만 한번 강하게 말을 하자 자신감이 붙었다.

어차피 놈은 자신을 건드릴 수 없다.

여동생을 그렇게 끔찍이도 여기던 사마영천이다.

설사 저놈이 미쳤다하더라도 혈육이 납치된 사실을 안다면 절대 함부로 할 수 없을 것이리라 믿었다.

"이유?"

"그래!"

"이유라……."

천마가 손에 들고 있던 약재를 내려놓았다.

그리고 의자에서 일어나더니 탁자의 옆, 바닥에 꽂혀 있던 도를 뽑아 들었다.

사마갈이 두고 도망갔던 그 도였다.

"지… 지금 뭐 하는 거냐?"

천마가 갑자기 도를 쥐자 사마방은 당황한 나머지 저도 모르게 뒷걸음쳤다.

그런 반응 따위에 전혀 신경 쓰지 않는 듯 천마가 천천히 사마방을 향해 다가갔다.

무표정한 얼굴로 천마가 한 걸음씩 다가올 때마다 사마방은 심장이 옥죄이는 느낌을 받았다.

"다… 다가오지 마!"

휙!

"으아아악!"

비명 소리와 함께 서슬 푸른 도의 날이 사마방의 목에 아슬아슬하게 닿았다.

조금만 더 힘을 줬다면 그대로 사마방의 목이 날아갔을 것이다.

주륵!

사마방의 목에서 피가 흘러내렸다.

어찌나 놀랐는지 얼굴이 새하얗게 질려 버린 사마방은 바닥에 털썩 주저앉아 버렸다.

그런 사마방을 향해 천마가 몸을 굽혀서 시선을 마주했다.

"내가 네놈 따위가 말하는 이유에 관심을 가져야 하느냐?"

"그… 그것이……."

"난 관심이 전혀 없거든. 그러니 지금 이 자리에서 죽여주지."

"허억!"

아무리 무공을 어설프게 익힌 사마방이라고 하나 확실하게 느낄 수 있었다.

천마에게서 흘러나오는 짙은 살기는 그의 심장을 미친 듯이 뛰게 만들었다.

이렇게 선명하게 죽음을 느껴보는 것은 태어나서 처음이었
다.

"제… 제발 살려줘!"

공포에 사로잡힌 사마방의 입에서 살려달라는 말이 튀어나
왔다.

이미 머릿속에는 협박이라는 말 자체가 사라진 지 오래였
다.

눈앞에 도가 조금만 움직여도 죽을 수 있는 마당에 상대를
자극할 상황이 아니었다.

"살고 싶냐?"

끄덕끄덕!

사마방이 고개를 미친 듯이 끄덕였다.

흉할 만큼 눈물까지 머금고 있는 그의 모습에 천마가 혀를
차며 물었다.

"쯧, 왜 온 것이더냐?"

"그… 그것이……."

관심이 없다고 얘기해 놓고는 이유를 물으니 잠시 말문이
막히는 사마방이었다.

하지만 목을 파고드는 차가운 도의 날에 주저할 겨를 따윈
없었다.

"어… 어머님께서 너를 식사에 초대하셨다."

"식사? 무슨 개수작이야. 내가 왜 가야 하지?"

어머님이라면 사마세가의 가모인 유 부인을 말하는 것이다.

사마연경을 통해서 집안의 상황과 중요한 인물들에 대해 어느 정도 들은 천마였기에 알 수 있었다.

"식사를 초대한 이유는… 으음……."

사마방은 차마 입이 떨어지지 않았다.

여동생인 사마연경을 납치했으니 잔말 말고 식사 초대에 응하라고 말해야 했지만 그랬다가는 목이 그대로 날아갈 것만 같았다.

원래의 사마영천이라면 절대 그러지 않겠지만 일말의 흔들림조차 없는 눈빛을 보니 절대로 허언이 아니었다.

푹!

"끄아아아악!"

사마방이 미친 듯이 비명을 질렀다.

예고도 없이 도의 날이 목의 일부를 파고들었기 때문이었다.

'이… 이런 미친놈이! 말도 안 하고 사람 목에!'

사마방의 입장에서는 아픈 것도 아프지만 갑자기 도 날이 목을 파고드니 매우 놀랄 수밖에 없었다.

어느새 그는 바지를 축축하게 지렸다.

부끄럽다고 생각할 겨를도 없었다.

"여… 연경이도 식사 자리에 있으니 괜한 생각하지 말고 오라는 어, 어머님의 분부이셔."

사마방은 정신없이 말을 했지만 생각보다 잘 순화시켰다고 생각했다.

직설적으로 동생의 목숨을 거론하면서 협박할 수 있는 상황도 아니었으니 말이다.

그의 말을 들은 천마의 눈에서 이채가 띠었다.

"흠."

어제 느꼈던 미세한 살기의 연유를 파악했기 때문이었다.

그건 은밀한 살수들만이 가질 수 있는 살기였다.

'그 때문이었군.'

자신과 관련이 없는 일이라고 생각했는데 예상 외로 관련이 없진 않았다.

천마 본인을 협박하기 위해서 벌인 일이었으니 말이다.

하지만 이들이 한 가지 간과한 것이 있었다.

"뭐, 그래서 어쩌라는 거냐."

"뭐… 뭣? 넌… 네 누이가 걱정되지 않는 거냐?"

천마는 애초부터 사마연경의 생사 따위에는 전혀 관심이 없었다.

무심하게 말하는 천마의 태도에 사마방이 어이가 없다는 표정을 지었다.

"왜 걱정을 해야 하는 거지?"

"그… 그건……."

직설적으로 말을 하면 분명 사달이 난다.

사마방은 이리저리 머리를 굴려봐도 더는 순화시키기가 힘들었다.

어찌 되었든 어머니인 유 부인의 계책대로 하려면 사마영천을 데려가야만 했다.

진퇴양난에 빠진 사마방은 결국 사실대로 말을 하려 했다.

그러나 그가 말하기도 전에 천마가 먼저 입을 뗐다.

"흥, 여동생이 죽기 싫으면 오라는 거겠지."

"그… 그걸……."

"누구 생각인지는 몰라도 참으로 단순하기 짝이 없구나."

"뭣?"

촤악!

툭!

"끄아아아아악!"

천마는 말이 끝남과 동시에 몸을 일으켜 세우더니 그대로 사마방의 오른팔을 베었다.

너무 순식간에 일어난 일이라 사마방은 미친 듯이 비명을 지르며 방바닥을 데굴데굴 굴렀다.

분수처럼 쏟아지는 피가 방 안을 비릿하게 만들었다.

"우웩!"

뒤에서 그 상황을 지켜보던 개복은 어찌나 놀랐는지 바닥에 토를 올렸다.

'어… 어떻게 이런 일이……'

바닥에 떨어진 사마방의 한쪽 팔은 신경이 아직 살아 있는지 꿈틀거리고 있었다.

한데 사마방의 팔을 베어낸 천마의 표정은 무심하기만 했다.

'그… 그래도 형제인데 어떻게 저리 잔인하게……'

아무리 세가의 쌍둥이를 싫어한다고 하지만 사마영천의 행동은 너무 잔인했다.

더군다나 자신조차도 토가 쏠릴 만큼 역겨운데 그는 아무 거리낌도 없이 행동을 하는 게 의아할 정도였다.

꾹!

천마는 사마방의 꿈틀거리는 오른팔을 발로 꾹 밟았다.

"생선처럼 팔딱팔딱 뛰는구만."

잘린 팔을 생선으로 표현하는 걸 보면 제정신이 아닌 듯했다.

천마가 비릿한 미소를 짓더니 뒤를 돌아보며 개복을 향해 말했다.

"개복아."

"우욱……. 네… 네, 공자님."

"이 녀석, 거기 붕대로 지혈 좀 해줘라."

"아, 알겠습니다, 공자님."

천마의 방 안에는 사타가 치료를 위해 두고 간 여분의 붕대가 많았다.

개복은 그래도 셋째 공자가 잔인하게 팔을 베었지만 일말의 정은 있는지 지혈해 주라고 하는가 싶어 얼른 붕대를 챙겼다.

"끄으으윽!"

멀쩡하던 팔이 잘린 사마방은 고통을 이기지 못하고 바닥을 데굴데굴 구르며 정신을 차리지 못했다.

그래도 무공을 익힌 가락은 있는지 쉽게 기절하지 않았다.

그런 사마방을 향해 천마가 미소를 띠며 말했다.

"참 멍청하단 말이야. 이렇게 좋은 인질을 보내다니."

이에 붕대를 감고 있던 개복이 오만상을 찌푸렸다.

지혈을 해서 살리는 이유가 인질로 삼기 위해서라니, 그 착하던 셋째 공자가 맞는지 의심스러울 지경이었다.

"끄으윽, 헉… 헉!"

고통 속에서 사경을 헤매는 사마방이었지만 이것만큼은 뚜렷하게 보였다.

천마가 짓는 사악한 미소를 말이다.

*　　　　*　　　　*

저녁 무렵, 유 부인의 방.

한창 시녀들이 들락날락거리며 음식이 담긴 접시들을 옮기고 있었다.

아직 절반에 불과했지만 넓은 원형 탁자 위로는 만찬에 가까울 정도로 향이 좋은 맛난 음식들이 자리하고 있었다.

방을 등진 가장 상석에는 유 부인이 앉아 있었고, 그 우측 옆에는 사마갈이 자리하고 있었다.

고상하게 찻잔에 차를 따르고 있는 유 부인을 바라보며 사마갈이 초조한 표정으로 물었다.

"어머님, 뭔가 이상합니다."

"왜 그러느냐?"

"방이 녀석이 아까부터 보이지 않습니다."

직접 사마영천을 식사에 초대하겠다며 그의 거처로 갔던 사마방이었다.

그들 쌍둥이 형제는 모난 성정을 떠나서 평소에 어딜 다니든 줄곧 붙어 다녔다.

그런 사마방이 저녁이 다 되어 가도록 보이질 않으니 사마갈로서는 불안할 수밖에 없었다.

불안해하는 사마갈의 손을 쓰다듬으며 유 부인이 부드러운 목소리로 달랬다.

"너무 불안해 말거라. 폐인이 된 녀석이 네 동생을 어찌할 수 있겠느냐."

"하오나……."

"동생이 여기 있는데 제까짓 놈이 어찌 함부로 하겠느냐. 걱정하지 마려무나."

"아, 알겠습니다."

사마갈이 주위를 둘러보며 대답했다.

유 부인의 방에는 그녀가 처가에서 데려온 가솔들이 무장을 한 채 대기하고 있었다.

그들은 언제든지 유 부인의 명령이 떨어지면 곧장 검을 뽑을 것이다.

'큭, 왜 이렇게 불안한 거지.'

만반의 준비를 해놓은 상태임에도 불구하고 이상할 정도로 불안함이 가시지 않았다.

아직도 그 감각을 떠올릴 때면 팔에 닭살이 돋을 정도로 소름 끼친다.

사마영천에게서 느꼈던 그 공포는 살면서 한번도 느껴보지 못한 공포였다.

어느 정도 식사가 준비되자 유 부인이 미소를 띠며 입을 열었다.

"계향아."

"네, 마님."

"그년을 데려오거라."

"알겠습니다."

유 부인의 명령에 뒤편에서 대기하고 있던 시녀 겸 무사, 계향이 기다렸다는 듯이 밖에서 사마연경을 데리고 왔다.

"읍, 읍."

입을 천으로 막아놓아서 아무 말도 할 수 없는 사마연경이었다.

밤새 얼마나 발버둥을 치고 초조해했는지 찢겨진 옷하며 몰골이 말이 아니었다.

지칠 대로 지친 사마연경은 힘없이 계향의 손에 끌려 왔다.

"도망가지도 못할 텐데 꽤나 발버둥을 쳤구나."

유 부인이 사마연경의 턱을 잡고 비웃음을 쳤다.

그러자 힘없이 축 늘어져 있던 그녀는 눈을 부릅뜨고 온몸을 비틀었다.

"읍, 읍!"

"후후, 그래봐야 소용없단다."

그녀는 반항하고 싶었지만 양팔이 뒤로 묶인 상태에서 계향이 어깨를 짓누르고 있으니 어찌할 도리가 없었다.

유 부인이 눈짓을 하자 계향은 탁자 뒤편에 자리하고 있는 큰 병풍 뒤에 사마연경을 앉혔다. 이렇게 하면 맞은편에 앉는 사람은 병풍 뒤편에 누가 있는지 확인하기 힘들었다. 이는 사마영천에게 극적으로 여동생을 보이기 위한 유 부인의 계책이었다.

주르륵!

무기력해진 사마연경의 뺨에 눈물이 흘러내렸다.

그러거나 말거나 유 부인은 만족스럽다는 듯이 흡족한 미소를 지으며 말했다.

"호호호, 이제 준비가 다 된 것 같구나."

"마님, 신호를 기다리고 있겠습니다."

"호호호, 그래."

그녀의 말이 끝나자 유 부인의 가솔들은 얼굴에 복면을 쓰고 각자 배정된 곳으로 은신했다. 그들은 사마세가의 직속이 아닌, 그녀의 처가에서 보내준 자들로 암살이나 더러운 임무를 도맡아했다.

'오늘이 지나면 귀찮은 것들을 전부 치워 버릴 수 있겠구나, 호호호.'

사마연경을 몰래 납치한 것도 이들이었다.

아무리 세가의 가모인 유 부인이라고 해도 남편이 자리를 비운 사이에 몰래 처리해야 하는 문제였기에 세가 사람들을 경솔히 움직일 순 없었다.

유 부인의 가솔들이 은신하자 방에 남은 이는 탁자에 앉아 있는 모자(母子)와 시녀인 계향뿐이었다.

"방이가 제대로 전달한 게 맞느냐?"

생각보다 늦었다.

기다리는 입장이었기에 더욱 그렇게 느껴지는 것일 수도 있었다.

바로 그러던 찰나였다.

"마님, 셋째 공자께서 드셨습니다."

"왔구나. 들라 해라."

문밖에 있는 시녀의 목소리에 유 부인의 얼굴이 한껏 고조되었다.

고대하던 순간이었다.

자신의 자식들의 앞가림을 가로막았던 더러운 핏줄들을 세가에서 완전히 지워낼 수 있는 순간이 다가왔다.

반면 사마갈의 얼굴은 어둡게 가라앉아 있었다.

이윽고 문이 열렸다.

"……!"

방 안에 있는 모두의 시선이 한군데로 집중되었다.

문이 열리자 성큼성큼 방 안으로 들어오는 훤칠한 청년은 바로 사마영천이었다.

그 모습을 본 유 부인의 눈에 이채가 띠었다.

'이게… 죽어가는 녀석이 맞는 건가?'

아무리 구박을 하고 모질게 대해도 순박한 얼굴로 웃던 사마영천이었다.

그런데 지금 방 안으로 들어오는 이는 마치 처음 보는 사람 같았다.

오른팔의 소매가 헐렁였지만 다부지게 가슴을 펴고 있었고 좌중을 훑어보는 눈빛은 굉장히 강렬했다. 심지어 위압감마저 들 정도였다.

"흠, 별 기대는 안 했는데 꽤 만찬이로군."

힘이 들어간 목소리에는 패기가 넘쳤다.

일부러 목소리에 힘을 준 느낌이 아니라 원래부터 그랬던 것처럼 들렸다.

'저건 뭐지?'

하나뿐인 손에는 꽤 묵직한 보따리가 들려 있었다.

그게 뭐냐고 물어보기도 전에 천마는 자연스럽게 걸어 들어와 유 부인의 탁자 맞은편에 앉았다.

워낙 자연스러운 행동이었던지라 유 부인을 비롯한 사마갈은 멍한 얼굴이 되어버렸다.

반면 병풍 뒤편에 있는 사마연경은 몸을 움직이기 위해 안간힘을 썼다.

"읍, 읍, 읍!"

자신을 구하러 온 오라버니에게 함정이라고 말을 해주고 싶었다.

하지만 아혈을 찍힌 것도 모자라 입을 막고 있는 천 때문에 아무 말도 할 수가 없었다.

한편 좌중을 휘어잡는 그 분위기에 잠시 말문이 막힌 유 부인이었지만 병풍 뒤에서 안절부절못하는 사마연경을 보자 정신을 차릴 수 있었다.

"흠흠, 늦었구나."

"오랜만에 초대된 식사인지라 나름 준비 좀 하느라 말이지."

아까는 미처 의식하지 못했는데 너무 자연스러운 평대에 유 부인은 미간의 눈썹을 치켜세웠다.

"지금 내게 한 말이냐?"

미간이 파르르 떨리는 것만 보아도 그녀의 평정심은 상당히 흔들리고 있었다.

이에 천마가 미소를 띠며 답했다.

"웃기는군. 피차 서로 존대할 입장이 아니지 않나?"

"헛!"

얼마나 기가 막혔는지 유 부인의 입에서 헛기침이 튀어나왔다.

사마영천이 이런 식의 태도를 보일 것이라고는 상상도 하지 못했던 그녀였다.

사마영천의 껍데기를 쓰고 있었지만 그 안에 있는 본질은 마교의 개파 조사이자 절대자였던 천마였다.

애초부터 누군가에게 존대하는 인물이 아니었다.

'미쳤다고 하더니 제대로 미쳤구나.'

그런 진실을 알지 못하는 유 부인의 입장에서는 세가 내에 떠도는 소문이 사실일지도 모른다는 생각이 들었다.

사마영천이 미쳤다는 생각이 들자 그나마 납득이 되었는지 유 부인의 표정이 한결 냉정해졌다.

세마세가에서 가모로 지내온 세월이 있는 만큼 쉽게 이성을 잃진 않았다.

'그래, 가모인 내가 저런 하찮은 것 때문에 격이 떨어져선 안 되지.'

냉정을 되찾은 유 부인은 태평스럽게 말을 꺼내려 했다.

그러나.

덥석!

눈앞에서 벌어진 천마의 행동에 당황할 수밖에 없었다.

갑자기 맨손으로 탁자 위에 있는 고기 산적을 집어 먹는 것이 아닌가.

식사 예법에 어긋나는 돌발 행동이다 보니 애써 냉정을 찾았던 유 부인의 미간에 다시 주름이 잡혔다.

"지… 금 무얼 하는 것이냐?"

"식사하자고 부른 것이 아닌가? 아, 손으로 집어서? 보다시 피 오른팔이 없어서 젓가락질이 힘들어서 말이지."

으득!

뭐라고 꼬집어 말하기에는 틀린 말이 아니었다.

사마갈의 얼굴이 하얗게 질려 버렸다.

천마가 오른팔이 없다는 말을 하면서 묘한 미소를 지으며 그의 눈을 쳐다보았기 때문이었다.

당황한 사마갈은 천마의 시선을 회피했다.

괜히 차를 마시는 척하며 애써 의연하게 보이려고 했지만 그의 얼굴엔 당황한 기색이 역력했다.

"흥, 그도 그렇겠구나."

'이, 이… 천박한 것이!'

유 부인은 내뱉은 말과 다르게 짜증이 치솟는 마음을 가라 앉히기 위해 술을 마시는 것처럼 찻잔의 차를 들이켜다시피 마셨다.

그녀가 원했던 반응은 이런 것이 아니었다.

폐인이 되어 무력해하고 동생의 안위를 걱정하면서 초조해 하는 모습을 기대했다.

그러나 무력하기는커녕 오히려 남은 한쪽 팔로 태연스럽게 식사를 하는 모습을 보여주고 있었다. 마치 자신들을 비꼬는 것처럼 말이다.

'넘어가면 안 된다, 후우.'

분명 사마영천은 대놓고 자신을 자극하고 있었다.

하지만 알면서 넘어갈 정도로 그녀는 어리석진 않았다.

"내가 한 팔로 식사하는 걸 구경하기 위해서 초대했나 보지?"

결국 유 부인의 마지막 이성 줄이 끊어지고 말았다.

"이 더러운 핏줄 놈이 아주 위풍당당하구나!"

유 부인이 표독스러운 눈빛으로 천마를 노려보며 말했다.

죽이기 전에 마지막으로 곤란해하는 모습을 보고 싶었는데 그것이 물 건너갔다면 굳이 빙빙 둘러갈 필요가 없었다.

씨익!

천마가 의미심장한 미소를 지었다.

그 모습을 바라본 사마갈은 목덜미부터 소름이 돋는 것을 느꼈다.

'이놈이… 설마 일부러 어머님을 자극하는 건가?'

유 부인이 손을 들어 표시를 하자 계향이 병풍을 한편으로 밀어냈다.

병풍 뒤에 숨겨져 있던 사마연경이 눈물을 흘리며 천마를 바라보았다.

그녀는 뭔가를 말하고 싶은 강렬히 눈빛을 보내고 있었다.

'함정이에요!'

들리지 않을 것은 알고 있지만 그녀는 애타는 마음으로 외쳤다.

그런데 놀랍게도 천마가 그런 그녀와 눈이 마주치더니 마치 그녀의 뜻을 알아채기라도 한 듯 눈동자에 이채를 띠며 주위를 둘러보았다.

[함정이에요!]

천마는 그 목소리를 뚜렷하게 듣고 있었다.

의지가 강한 의념일수록 원영신을 단련한 천마에게는 선명하게 들린다.

그가 주위를 둘러본 것은 그 때문이었다.

'살기가 짙어지고 있군.'

유 부인의 방으로 들어왔을 때부터 천마는 미세한 살기를 느끼고 있었다.

일부러 유 부인을 자극해 본 것도 살기의 진원지들을 확실하게 감지하기 위해서였다.

그녀를 자극할수록 방의 곳곳에서 흘러나오던 살기가 짙어지고 있었다.

'하나, 둘… 여섯이군.'

무공이 폐해진 상태였기에 쉽게 기를 감지할 수가 없어 이런 번거로운 방법을 택한 것이었다.

적어도 살기에 관해서는 누구보다도 민감한 천마였다.

"흥, 건방진 녀석. 네 동생이 죽는 꼴을 보고 싶지 않다면 당장 무릎 꿇어라!"

유 부인이 말이 끝남과 동시에 계향이 품 안에서 단검을 빼 들어 사마연경의 목에 갖다 댔다. 언제든지 그녀의 명령이 떨어지면 곧바로 목을 그을 태세였다.

그런데 이상했다.

'아니… 이놈, 무슨 생각인 거야?'

동생이 죽을지도 모르는 판국에 천마는 오히려 태평하게 웃고 있었다.

마치 자신과는 전혀 상관없다는 듯이 의자에 편안하게 기대앉아서 다른 음식들을 집어 먹는 것이 아닌가.

"네놈이 정녕 제정신이 아닌가 보구나. 고상하게 식사라도 하면서 이야기하려 했건만."

"고상한 식사? 크크큭, 크하하하핫."

유 부인의 말에 갑자기 천마가 미친 듯이 웃기 시작했다.

그 웃음소리는 정말 웃겨서라기보다는 비웃음에 가까웠다.

종잡을 수 없는 천마의 태도에 유 부인은 점차 자신이 끌려간다는 느낌을 받았다.

한데 미친 듯이 웃던 천마가 뚝 하고 멈췄다.

"고상한 식사라니? 헛소리를 지껄이는 것도 일품이군."

"뭐… 뭐얏? 네… 네놈이 진정 사달이 나야 정신을 차리겠구나."

그녀의 화가 난 목소리에 계향의 손에 힘이 들어갔다.

날카로운 단검이 목에 닿자 사마연경이 움찔했다. 그녀의 가녀린 목에서 피가 흘러내렸다.

천마에게 경고하기 위한 것이었다.

"시시하군."

"뭣?"

"협박이라는 것을 전혀 할 줄 모르는구나, 어리석은 계집년."

"이… 이놈이 정녕 동생이 죽는 꼴을 봐야 정신을……!"

"죽여."

"……!"

"죽이라고."

천마의 입에서 튀어나온 말은 누구도 상상하지 못한 말이었다.

어찌나 놀랐는지 단검을 잡고 있던 계향조차도 순간 당황해서 그것을 놓칠 뻔했다.

'삼 공자의 입에서 어찌 저런 말이……'

사마세가의 사람들 모두가 알고 있다.

사마영천이 얼마나 여동생을 끔찍하게 여기고 있는지 말이다.

'하아…….'

오라버니가 아닌 것은 알고 있지만 그 껍데기와 그 목소리로 자신을 죽이라는 말이 나오니 사마연경 역시도 충격이 컸다.

'아무리 그래도 그렇지. 죽이라니, 이 미친놈아!'

함정이라고 걱정을 한 자신이 한심하게 느껴질 정도였다.

눈을 부릅뜨고 천마를 노려보았지만 그는 그저 무관심한 얼굴이었다.

"네… 네놈이 정녕 제정신이 아니구나."

애초부터 둘을 죽이기 위해 계책을 꾸몄던 유 부인이었지만 그녀 역시도 예상치 못한 상황에 많이 당황했다.

저 정도면 배짱을 넘어서 대체 무슨 생각인지 종잡기 힘들 정도였다.

"잔말이 많군."

"뭐얏!"

탁!

천마가 탁자 밑에 내려놓았던 보따리를 올렸다.

뜬금없이 보따리를 올리자 유 부인은 의아한 표정을 지었다.

한 손으로 보따리를 풀려고 했던 천마는 귀찮아졌는지 보따리를 사마갈의 앞으로 던졌다.

"이, 이게 무… 무엇이냐?"

"쯧쯧, 미련하긴. 궁금하면 풀어보시지."

천마의 의미심장한 얼굴에 사마갈은 불안함을 느꼈다.

아까부터 심장이 터질 듯했던 불안함이 극대화되고 있었다.

사마갈이 유 부인을 쳐다보자 그녀가 긍정의 뜻으로 고개를 끄덕였다.

"칫."

사마갈이 떨리는 손으로 보따리를 조심스럽게 풀었다.

그리고 보따리가 풀리는 순간, 사마갈은 경악에 가득 찬 표정으로 소리를 질렀다.

"허억! 이… 이건!"

보따리에서 나온 것은 다름 아닌 잘려진 팔이었다.

잘려진 팔이 입고 있는 소매는 누구보다 사마갈이 잘 알고 있는 것이었다.

그것은 낮에 본 사마방의 옷소매였다.

"이… 이 미친놈이!"

"이게 협박이라는 거다, 계집."

천마의 이죽거리는 목소리에 유 부인과 사마갈의 얼굴이 하얗게 질려 버렸다.

＊　　　　＊　　　　＊

보따리에서 나온 잘린 팔을 보는 순간, 유 부인의 이성은 저 먼 곳으로 날아가 버리고 말았다. 붉어진 이마에 핏줄까지 서서, 격앙된 얼굴로 천마를 무섭게 노려보았다.

어미의 입장에서 자식의 잘린 팔을 보았으니 흥분하지 않는 것이 더 이상했다.

쾅!

"네… 네 이놈, 감히!"

유 부인이 탁자를 내려치며 자리를 박차고 일어섰다.

그에 호응이라도 하는 것처럼 사방에서 미세하게 흘러나오던 살기들이 보란 듯이 요동치기 시작했다.

당장에라도 그녀의 신호가 떨어지면 은신을 풀고 천마를 덮칠 기세였다.

하지만 그녀는 쉽사리 신호를 낼 수가 없었다.

'협박이라면 살아 있다는 건데.'

상황이 정반대가 되어버렸다.

협박해야 하는 위치에서 도리어 당하는 위치가 되어버린 것이었다.

사마갈에게 한 수 가르쳐 준다고 말했던 것이 오히려 무색하게 되어버렸다.

"이 팔… 누구의 팔이냐?"

팔을 본 순간부터 누구의 것인지는 바로 알아챘으나 지푸라기라도 잡고 싶은 심정이었다.

표독스러운 얼굴에서 어미의 얼굴로 바뀐 유 부인을 바라보며 천마는 조소했다.

그러고는 능청스럽게 입을 열었다.

"본인이 짐작하는 사람의 것이겠지?"

"아아아아악! 감히, 네놈이!"

화가 난 유 부인이 결국 참지 못하고 손에 쥐고 있던 찻잔을 천마에게 던졌다.

내공이 실려 있지 않았기에 천마는 가볍게 목을 젖혀서 그것을 피했다.

쨍그랑!

깨진 찻잔의 파편이 바닥에 떨어지자마자 사방에서 은신해 있던 복면인들이 방 안으로 뛰어 들어왔다.

천마가 예상한 대로 여섯 명의 복면인이었다.

"흠, 꽤나 거친 식사 자리군."

여섯 명의 복면인은 뛰어나오자마자 전부 검을 빼 들어 천마를 겨누고 있었다.

언제든지 동시에 찔러 들어갈 수 있는 위치를 점하고 있었다.

이런 위험한 상황임에도 불구하고 여전히 태연한 얼굴로 말을 하는 천마의 태도에 복면인들은 내심 당황스러웠다.

'이놈… 뭔가 위험한 냄새가 난다.'

복면인들의 수장인 염성은 오랜 세월 동안 사파 무림을 굴러온 노련한 자였다.

그는 눈앞에 태연하게 앉아 있는 젊은 청년에게서 알 수 없는 두려움을 느끼기 시작했다.

그것은 단순히 무인으로서의 예측보다는 오랜 무림 생활에서 오는 직감이었다.

'이게 폐인이 된 녀석이라고? 아니야, 이건 마치……'

과거에 마주쳤었던 오황 중 일인인 북호투황에게서 느꼈었던 그 느낌이었다.

아직도 손에 땀을 쥐게 하는 그때의 느낌을 잊을 수가 없었다.

겉보기에는 내공의 흔적조차 보이지 않는데 이상하게 절대자를 앞두고 있는 것 같았다.

"호오라."

"……?"

그때 천마가 천천히 고개를 돌려 염성을 바라보더니 흥미롭다는 표정으로 말했다.

"네놈, 제법이구나."

'이… 이놈이!'

단지 생각만 했을 뿐인데 천마는 그것을 알아챘다.

천마가 정확하게 자신을 쳐다보며 그런 말을 하자 염성은 크게 놀랄 수밖에 없었다.

'살기가 흔들리고 있군.'

만약 다른 무림인들이 이것을 보았다면 경악했을 일이다.

천마의 살기를 감지하는 능력은 등선 이전에도 타의 추종을 불허할 정도였다.

염성이 직감적으로 느낀 감정으로 인해 살기가 흔들린 것을 천마는 놓치지 않았다.

'위험해. 이놈은 정말 위험한 놈이야!'

염성은 불안에 찬 눈빛으로 유 부인을 바라보았다.

하지만 유 부인은 분노에 차서 눈에 보이는 것이 없었다.

"당장 내 아들이 어디 있는지 말하지 않으면 네놈과 이년을 죽여 버릴 테다!"

유 부인은 계향이 들고 있는 단검을 빼앗아 자신이 직접 사마연경의 목에 갖다 대었다.

단검을 들고 있는 손이 부르르 떨리는 것만 보아도 얼마나 흥분했는지 알 수 있었다.

"죽여."

"뭐? 아니… 이놈이 정말 미쳤구나!"

천마의 다시 꺼낸 말에 유 부인은 황당한 표정을 지으며 화를 냈다.

비록 사마방의 팔로 협박을 해서 유 부인을 심란하게 만들었지만 여전히 주도권을 쥐고 있는 쪽은 자신이었다.

그런데 저런 여유로운 태도는 대체 무엇이란 말인가.

"아, 그런데 말이야."

"……?"

"함부로 검을 잘못 놀리다간 네년과 그 옆에 있는 녀석의 목숨도 없다."

천마의 눈빛은 진지했다.

뜬금없이 이번에는 본인과 아들인 사마갈의 목숨을 가지고 협박을 하자 유 부인은 어이가 없다는 듯이 소리 질렀다.

"네놈이 정말 제대로 미쳤구나. 좋다, 그렇다면 먼저 이 더러운 년의 목숨부터 거둬주지."

푹!

그녀의 손에 힘이 들어갔다.

목을 파고드는 단검의 고통에 사마연경이 몸을 뒤틀며 떨었다.

아혈이 아니었다면 이미 비명을 질러댔을 것이다.

"아! 깜빡했네. 죽이는 건 자유인데 그년을 죽이면 해약은 없다."

"뭐… 뭐야? 해약?"

해약이라는 말에 힘이 들어갔던 그녀의 손이 멈췄다.

해약을 거론했다는 것은 독을 썼다는 의미였기 때문이었다.

"그게 무슨 말이지? 네놈이 무슨 독이라도 썼다는 말이냐?"

"단전에 내공을 끌어 모아보시지."

단전이라는 말에 놀란 유 부인이 조심스럽게 내공을 끌어올려봤다.

그 순간, 칼에 찔린 것 같은 화끈거리는 통증이 단전에서 전해져 왔다.

"으윽."

주르륵!

그녀의 입에서 선혈이 솟구쳐 흘러내렸다.

내공을 사용하려는 순간, 체내에서 이질감이 느껴지면서 차가운 무언가가 급속하게 퍼져 나가기 시작한 것이었다.

그것은 유 부인 혼자만이 아니었다.

"쿨럭!"

사마갈 역시도 혹시나 하는 마음에 내공을 끌어 올렸는데 통증과 함께 입에서 피가 솟구쳐 나왔다.

이건 단순한 독이 아니었다. 산공독(散功毒)처럼 내공의 흐름마저 끊기게 만들고 있었다.

"내공이… 모이질 않아. 대… 대체 언제 이… 이런 독을……."

유 부인은 어이가 없을 지경이었다.

대체 언제 이런 독을 하독(下毒)했단 말인가.

놀란 시녀 계향이 몸을 제대로 가누지 못하는 유 부인을 얼른 부축했다.

"이놈! 감히 독을 쓰다니! 죽어랏!"

복면인들 중 한 명이 분노에 찬 목소리로 소리를 지르더니, 천마를 향해 검을 찔러 들었다. 그러나 그것은 이내 염성의 검에 막히고 말았다.

챙!

염성이 나서서 검을 튕겨내자, 검을 휘두른 복면인이 이해할 수 없다는 눈빛으로 말했다.

"이게 무슨 짓입니까!"

"섣부른 행동하지 마라. 삼 공자를 건드리면 마님과 일 공자의 해독은 누가 한단 말이냐!"

염성의 말이 맞았다.

무슨 독을 썼는지도 모르는 상태에서 천마를 공격하는 것은 어리석었다.

그제야 이를 깨달았는지, 복면인이 분한 듯 입술을 깨물며 뒤로 물러섰다.

'아니, 저 인간! 대체 무슨 생각인 거야?'

인질로 잡혀 있는 사마연경조차도 이상하게 꼬여가는 이 상황에 인상을 찌푸렸다.

대체 누가 계책을 부리는 건지, 누가 악당인건지 구분조차 가지 않는 상황이 되어버렸으니 말이다.

맞불로 인질을 잡지를 않나, 독을 하독하지를 않나.

사마연경은 오라버니의 껍데기를 쓰고 있는 자의 정체가 궁금할 따름이었다.

"좋은 판단이야."

천마가 염성을 바라보며 칭찬했다.

유 부인과 사마갈이 중독된 독은 세간에 알려진 것이 아니 었다.

천마가 마교를 막 세웠을 무렵, 신뢰하기 힘든 반골(反骨)들 에게 활용했던 독인 여환단(與患團)이라 불리는 것이었다.

현재의 마교에도 그 제조법이 사라져 오직 천마만이 만들 수 있는 독단이었다.

"대체 어찌할 작정이냐?"

염성이 긴장을 늦추지 않고, 검 끝으로 천마를 견제하며 물 었다.

이에 천마가 피식하고 웃더니 품 안에서 검은색 환을 꺼내 들었다.

"해약… 인가?"

"아니, 독이지. 해약은 애초에 만들지도 않았거든."

"…그럼 그것을 왜 꺼내는 것이냐?"

"아아, 내가 지금 무공이 폐해진 상태만 아니면 이런 수고로움을 겪진 않았을 거야."

"……?"

"거기 있는 시녀부터 네놈들 전부 자발적으로 이 독을 먹어 줘야겠다."

"뭐… 뭐얏?"

천마의 강경한 말에 여섯 복면인 전부가 어이가 없다는 듯이 그를 노려보았다.

자신들의 주인을 중독시킨 것도 모자라, 본인들에게 독단을 자진해서 먹으라고 하니 황당할 수밖에 없었다.

"우리가 네놈의 뜻에 따를 것 같으냐?"

"호오, 네놈들의 주인이 죽어도 괜찮나?"

이죽거리는 천마의 말에 염성의 안색이 나빠졌다.

그의 말대로 유 부인과 사마갈의 상태가 좋지 않았다.

무슨 독인지는 모르나, 계속해서 피를 토해내는 것이 위험해 보였다.

'이 상황을 어찌해야 한단 말인가, 큭.'

염성의 한마디에 모든 것이 결정될 판국이었다.

한데 바로 그때였다.

"크윽, 내가 네놈의 수작에 넘어갈 성싶으냐!"

방금 전에 화를 참지 못하고 천마에게 검을 휘둘렀던 복면인이었다.

복면인들 중에서 가장 혈기가 넘치는 자로, 평소에도 제 화를 이기지 못해 대장인 염성의 명을 종종 어겼던 자였다.

"죽어랏!"

복면인이 단박에 천마의 목을 벨 기세로 검을 휘둘렀다.

염성이 뭐라고 만류하기도 전에 벌어진 일이었다.

휙!

"엇?"

그러나 복면인의 검은 천마의 목을 베지 못했다.

천마가 몸을 가볍게 비틀어 버리는 바람에 검이 애꿎은 탁자를 베어버리고 말았다.

그러나 그게 끝이 아니었다.

"멍청하긴."

퍽!

"억!"

천마가 왼팔의 팔꿈치를 자세가 흐트러진 복면인의 인중에 꽂았다.

인중의 혈을 팔꿈치로 가격당한 복면인은 '억' 소리와 함께 눈을 질끈 감아버렸다.

"안 돼애애애앳! 피해랏!"

놀란 염성이 복면인을 향해 소리를 질렀다.

천마의 손에는 놀랍게도 젓가락이 들려 있었다.

푹!

"커억!"

젓가락은 순식간에 복면인의 목을 꿰뚫고 들어갔다.

피하라는 말을 들었지만 미처 반응을 보이기도 전에 천마의 손이 더 빨리 움직였다.

순식간에 목을 꿰뚫은 젓가락을 바로 뽑아버리자 피가 분수처럼 뿜어져 나왔고 복면인이 힘없이 바닥으로 쓰러졌다.

"이… 이놈!"

동료가 피를 흘리며 죽자, 우측에 있던 복면인이 생각할 틈도 없이 검을 휘둘렀다.

등 뒤에서 휘둘렀기에 당연히 천마가 피하지 못할 것이라 여겼다.

하지만.

휙!

"아닛?"

천마가 몸을 숙여 검을 피해내더니, 쓰러진 복면인이 떨어뜨린 검을 집어 들어 그대로 오른쪽에 있던 복면인의 목을 찔렀다.

"컥!"

일말의 비명과 함께 우측에 있던 복면인 역시 목이 꿰뚫려 죽어버렸다.

염성은 경악을 금치 못했다.

단전이 부서지고 팔이 잘려 폐인이 된 자가 어떻게 이런 신위를 보일 수 있단 말인가.

'이놈이 정말 그 삼 공자란 말이냐?'

다른 복면인들 역시도 두 명의 동료가 쉽게 당하자, 당황스러움을 금치 못했다.

화가 나는 것을 떠나서 쉽사리 공격할 의지가 사라져 버렸다.

"내공이 없다고 약하다고 생각하는 건 삼류나 할 짓이지."

천마의 말에 염성은 긴장한 얼굴로 침을 꿀꺽 삼켰다.

역시 자신의 직감이 들어맞았다.

눈앞에 있는 자가 폐인이 된 삼 공자라는 생각은 이미 사라진 지 오래였다.

상대는 펄펄 날뛰는 맹수였다.

"마지막 경고다. 먹지 않으면 죽는다."

오싹!

천마의 힘이 들어간 목소리에는 강한 위압감이 실려 있었다.

내공이 실린 것도 아니었는데 좌중을 휘어잡는 강렬한 기세가 방 안에 있는 모든 이를 긴장토록 만들었다.

"어떻게 할 텐가?"

"큭, 따르겠다."

염성이 분한 듯이 고개를 숙이며 말했다.

다른 복면인들 역시도 별다른 뾰족한 수가 없다는 것을 인정할 수밖에 없었다.

결국 염성을 시작으로 여환단을 복용할 수밖에 없었다.

"쿨럭."

여환단을 복용하자마자 염성은 내공으로 속을 보호하려 했지만 역효과만 일어났다.

내공을 끌어 올리는 순간, 유 부인과 마찬가지로 피를 토하고 말았다.

"허튼짓하긴."

여환단은 내공을 단련한 무림인들에게 특화된 독으로 천마가 마교를 창시했을 무렵부터 유용하게 썼던 것이다.

짧은 기간 안에 세가에서 전세를 뒤집기 위해서는 압도적인 무력이나 혹은 상대를 굴복시킬 만한 계책이 필요했는데, 천마가 선택한 것은 후자였다.

적대적인 자들의 머리를 제압함으로써 전세를 반전시킨 것이었다.

'뭐, 제일 효과적이니까.'

마교라는 거대한 세력의 일인자로 군림했던 천마다.

당시에 마교인들이 그를 숭배하면서 두려워했던 것은 단순히 압도적인 무력만이 아니었다.

수단과 방법에 연연하지 않는 과감성이었다.

'크윽, 무서운 놈이다. 가모께서 최악의 남자를 적으로 삼았어.'

염성은 안타까운 눈빛으로 쓰러진 유 부인을 바라보았다.

첩의 자식들을 죽이기 위해 꾸민 계책은 결국 그들을 옭아매는 올가미가 되고 말았다.

그때였다.

"응? 네… 네놈이 지금 뭘 하려는 거냐?"

염성은 당황한 나머지 소리를 질렀다.

천마가 어느새 검을 들고 쓰러진 사마갈에게로 다가갔기 때문이었다.

"이놈이 내 팔을 베었다지?"

"서… 설마 네놈?!"

"이 몸은 빚지고는 못 살거든."

천마가 비릿한 미소를 지으며 검을 휘둘렀다.

11장
**내기의 대가**

다음 날, 오후 무렵.

괴의 사타는 여느 때와 다름없이 사마영천을 치료하기 위해 사마세가를 방문했다.

그런데 평소에는 자신의 방문에 아무 관심도 없던 사마세가에서 난리가 났다.

그가 갑자기 입구에 들어서자마자 안채로 부르더니 다짜고짜 진료를 부탁하는 것이 아닌가.

사타는 영문도 모른 채 유 부인을 비롯한 사마갈을 진맥해야 했다.

"흐음."

"어떻습니까?"

시녀 계향이 어두운 낯빛으로 물었다.

그녀 역시도 중독된 상태였기에 좋지 않은 것은 마찬가지였다.

하지만 가장 우선인 것은 가모와 일 공자의 안위였다.

"켈켈, 독에 중독되었네그려."

"대단하시군요!"

진맥만 했을 뿐인데, 그는 곧바로 독인지 알아챘다.

과연 사파 최고의 명의라 불리는 사타라 할 만했다.

"치료… 하실 수 있겠습니까?"

계향이 조심스럽게 물었다.

오직 치료할 수 있는 희망은 사타뿐이었다.

만약 당대 최고의 의원 중 일인이 해독할 수 없다고 한다면 사마세가는 정말로 삼 공자에게 무릎을 꿇어야 하는 상황이 발생하고 만다.

"허어, 독특해."

"독특하다니요?"

사타는 진맥을 하면서 상당히 놀라고 있었다.

그동안 수많은 환자를 대했고, 그중에 독에 중독된 이도 많았다.

그러나 이런 식의 독은 처음이었다.

"혹시 내공에 끌어 올리려 하면 증상이 더 악화되지 않던가?"

"마, 맞아요!"

계향은 밝아진 얼굴로 답했다.

신기하게도 증상까지 알아맞히니 뭔가 희망이 생기는 것 같았다.

반면 사타는 더욱 인상이 어두워졌다.

증상이야 진맥을 통해서 짐작할 수 있었으나, 아무리 생각해도 마땅히 떠오르는 독이 없었기 때문이었다.

"혹시 다른 환자들도 있나?"

"그… 그것이……."

"켈켈, 노부도 이런 독은 처음 접해보는지라 다른 환자들이 있다면 좀 보고 싶네그려."

사타의 말에 계향이 난감한 표정을 지었다.

하지만 옆에서 같이 진맥을 지켜보던 거친 인상의 중년인인 염성이 고개를 끄덕이자 계향은 이내 옆방으로 그를 안내했다.

옆방으로 들어서자 사타의 눈에서 이채가 띠었다.

침대에 누워 있는 청년으로 인해서였다.

'허어, 이놈 보게.'

식은땀을 흘리며 침대에 누워 있는 청년은 다름 아닌 사마 갈이었다.

놀랍게도 사마갈의 오른쪽 어깨에는 붉은 핏기가 스며든 두꺼운 붕대로 감겨 있었는데, 오른팔이 통째로 없었다.

'켈켈켈, 놈이구나! 그놈이 한 게야.'

사타는 눈치가 기가 막힐 정도로 빨랐다.

독에 중독된 유부인을 보았을 때는 어떤 상황인지 짐작하지 못했으나, 팔이 잘린 사마갈을 보는 순간 대략적인 정황을 파악할 수 있었다.

'켈켈, 대단해. 일을 저지를 거라고는 생각했지만.'

사타는 진심으로 감탄했다.

불가능한 내기를 제안했지만 내심 천마가 일을 저지를 것이라고는 예상했다.

단지 기간이 짧기 때문에 쉽게 해내지 못할 거라 여겼는데 이런 상황이라면 정말 반전을 일으킨 것이나 마찬가지였다.

'하나 참으로 무섭구나. 팔을 자르다니.'

설마 그대로 갚아줄 것이라고는 상상도 하지 못했다.

팔이 잘린 사마갈을 보니 마음 한구석에는 천마에 대한 공포가 생겼다.

어쩌면 굉장히 위험한 자와 내기를 했다는 생각마저 들었다.

"진맥을 해보시겠습니까?"

"흠흠, 알겠네."

혼자만의 생각에 잠겨 있던 사타는 계향의 말에 정신이 들었다.

사마갈을 진맥해 본 결과, 그 상태가 유 부인에 비해서 더욱 심각했다.

팔까지 잘린 데다 출혈이 컸기에 육신이 버티는 자체가 용하다고 할 수 있었다.

"치료가 가능하겠습니까?"

"음, 솔직히 확신을 못하겠네그려. 일 공자를 진맥해 보아도 이 독은 내가 처음 접해보는 것이야."

"네? 그럼 힘들단 말입니까?"

"중독된 것도 그렇지만… 쯧, 출혈이 심하네. 살아 있는 것이 용한 상태일세."

사타는 사마갈의 상태를 정확하게 말해주었다.

그의 말을 들은 계향과 염성의 표정이 어두워졌다.

사파 최고의 의원이 허언을 할 리가 없었다.

"해독할 방법은 없는 겁니까?"

"노부가 외과의로는 최고라고 자부하네만 독에 관해서는 나보다 더 뛰어난 자들이 있지."

"그, 그게 누구입니까?"

복수의 사람을 거론하니 계향이 홍분된 얼굴로 물었다.

지금으로선 해독이 우선이었다.

그러나 사타의 눈빛은 마치 큰 기대는 하지 말라는 듯한 느낌을 주고 있었다.

"약선."

"야… 약선이요? 아아……."

약선은 사실상 자타가 공인하는 중원 최고의 의원이었다.

문제는 약선이 최고의 의원임은 부정할 수 없으나, 그는 곤란했다.

계향이나 염성이 난감해하는 이유는 바로.

"그자는 사파 사람들을 싫어하잖습니까?"

"켈켈, 그게 문제지."

염성의 말대로 약선은 사파를 극도로 싫어한다.

과거, 약선의 가문인 의선 동가를 사파에서 멸문시켰기 때문에 그는 절대로 사파인들을 돕지 않는다.

아무리 사마세가가 변절하여 정파로 전향했다지만 애초에 사파 출신인 그들을 치료해 줄 리는 만무했다.

"혹 다른 사람은 누구입니까?"

"음, 서독황이 있지."

"아……."

서독황이라는 말에 계향과 염성이 동시에 탄식했다.

서독황(西毒皇) 구양경은 오황 중에 서무림(西武林)을 군림하고 있는 일인이었다.

전 무림을 제패하다시피 한 검문조차도 여전히 손을 대지 못한 몇 세력이 있는데 그중 하나가 서독황의 구양독문이었다.

"차라리 약선이 더 낫군. 서독황은 절대 불가능합니다."

염성은 단언할 수 있었다.

더군다나 구양독문이 자리하고 있는 곳은 서쪽 세외의 사막 지역이었다.

그렇기 때문에 서독황이 아무런 힘도 없는 사마세가를 위해 올 리도 만무했고, 부탁하기 위해 그곳까지 가려면 거쳐야 할 난관이 많았다.

"하긴, 그 까다로운 노인네를 만나는 것 자체가 불가능하지. 켈켈."

"휴, 다른 방법은 없습니까? 어르신."

"뭐, 만약 제조한 독단이 있다면 어찌 연구라도 해보겠네만. 켈켈, 혹시 있나?"

"…있을 리가요. 아!"

"……?"

"있습니다. 그… 그 차가 있습니다."

계향은 문득 유 부인과 일 공자가 마신 차를 기억했다.

그 당시에 그들이 유일하게 입을 댄 것은 평소 즐겨하던 차 뿐이었다.

"잠시만 기다려 주십시오. 그것을 가지고 오겠습니다."

한 줄기의 희망이 생긴 것 같아 계향은 서둘러 세가의 약재 실로 향했다.

어제는 그 일이 있은 후, 정신이 없어서 치우게 했었지만 독 이 든 차이기에 함부로 버릴 수가 없어서 약재실에 보관하라 일렀었다.

약재실에서 일하는 세가의 고용인이 책상에 앉아서 꾸벅꾸 벅 졸고 있었다.

쾅!

다급하게 문을 열고 계향이 들어오자 그는 화들짝 놀라서 깼다. 일을 하는 척 붓을 잡는 약재 고용인에게 계향이 다급 하게 물었다.

"어제 잘 보관해 두라고 한 그 병은 어디 있나요?"

"어어? 그 병? 그거라면 오전에 삼 공자께서 본인이 잊고 간 것이라며 가져가셨는데."

"뭐… 뭐라구요?"

"삼 공자께서 가져가셨네."

"아아아아악!"

한발 늦고 말았다.

분을 이기지 못하고 악을 지르는 계향을 약재 고용인이 영문을 모르겠다는 듯 고개를 갸우뚱거리며 쳐다보았다.

결국 그들은 아무런 성과가 없이 사타를 보내줘야 했다.

그저 괴의 사타조차도 어찌할 수 없는 독이란 것만 알게 되었다.

여전히 이 공자의 생사조차 알 수 없는 상태인 데다 유일하게 해독할 수 있는 자는 삼 공자뿐이었다. 결국 그들은 삼 공자에게 굴복해야만 한다는 것을 각인하게 되었다.

"켈켈, 정말 해낼 줄은 생각도 못 했네그려."

어느새 외채의 방으로 온 사타는 진심으로 천마에게 감탄의 찬사를 보냈다.

불가능할 것 같던 내기를 성사시킨 것이었다.

정작 천마 본인은 별것 아니라는 듯이 시큰둥한 반응을 보였다.

"자네는 별 감흥조차 없어 보이는군."

"어떤 미친 노인네 덕분에 시간을 낭비해서 말이야."

"흠흠흠."

천마의 입장에서는 정말 시간 낭비와도 같았다. 어떻게든 최소한의 무력을 회복해서 하루 빨리 마교로 돌아가야 했다.

사타는 머쓱한지 괜히 기침을 하면서 말했다.

"흠흠, 뭐, 덕분에 자네의 입장도 나아졌으니 좋지 않은가.

그런데 대체 그 독은 어떻게 제조한 건가?"

사타는 정말 궁금했다.

긴 세월 동안 의원으로 살아가면서 수많은 독을 접했지만 이런 종류는 처음이었다.

자신도 처음 접한 것을 만들어냈으니 호기심을 발동할 수밖에 없었다.

"흥."

"응? 말해주지 않을 겐가?"

"쓸데없는 호기심은……."

"……?"

"명을 단축시키지."

살기 어린 천마의 목소리에 사타는 당황한 나머지 안색이 나빠졌다.

독에 중독된 유 부인을 비롯해 팔이 잘린 사마갈을 보고 온 참이었다.

천마가 절대로 허언을 할 인물이 아니라는 것을 누구보다 잘 알고 있었다.

'후우, 이놈을 자극해서 좋을 건 없지.'

"아, 알겠네. 허 참, 젊은 친구가 항상 얼음장 같아서는."

픽!

젊은 친구라는 말에 천마가 가소롭다는 듯이 픽, 하고 콧방

귀를 꿰었다.

선계에 있을 때를 제외하더라도 천마가 살아온 세월은 보통 사람들의 배에 달한다.

'…왜 비웃는 것 같다는 생각이 드는 거지?'

이상하게 비웃음을 당한 것 같다는 생각이 들었지만 영문을 모르는 사타였기에 괜히 답답할 따름이었다.

"어이, 내기에서 이겼으니 약속이나 잘 지켜라."

"약속은 약속이니. 크흠, 팔을 접합해 주겠네."

"혹여 늙은이, 어설픈 수작은 부리지 마라."

"어허, 이 노부 역시도 한 입으로 두말하지 않네."

괴팍한 성격을 떠나서 사타 역시도 신의가 없는 자는 아니었다.

자신이 한 말은 반드시 지키는 자였다.

물론 눈앞에서 살기를 풀풀 풍겨대는 천마와 마주하고 있으면 농담조차 하기 힘들었다.

"그런데 말일세."

사타가 진지하게 하나를 짚고 넘어가려 했다.

"음?"

"켈켈, 자네의 원래 팔보다 살색이 좀 까무잡잡해도 괜찮겠지?"

"……"

그 말에 천마는 아무 말도 하지 않았다.

그저 심기 불편한 표정으로 사타를 쳐다볼 뿐.

\*          \*          \*

사마염이 자리를 비운 일주일 사이에 사마세가의 많은 것이 바뀌었다.

가장 화제가 된 것은 세 공자가 전부 외팔이 되었다는 점이었다.

피에 젖은 저녁 식사 자리가 있은 후, 만 하루가 지나서 이 공자인 사마방 역시도 겨우 외채를 벗어날 수 있게 되었다.

유 부인을 비롯해 쌍둥이 공자, 그녀의 가솔들이 전부 여환단에 중독되었기 때문에 살기 위해서 삼 공자인 사마영천에게 무릎을 꿇을 수밖에 없었다.

이 모든 것이 사마 가주가 자리를 비운 상태에 벌어진 일이었다.

세가의 주요 가신들은 전부 가주를 따라서 정파 무림맹으로 갔기에 이러한 상황에 대해선 전혀 알지 못했다.

"난 어차피 세가를 떠날 거다. 그동안 내 눈에 거슬리지 않는다면 해약은 주도록 하지."

라는 말을 들었지만 화가 나는 것은 어쩔 수가 없었다.

다행히 쌍둥이 공자는 죽지 않았지만 팔이 잘린 충격으로 방에서 칩거하다시피 하고 있었다.

으득!

깨문 입술에서 피가 흘러나왔다.

평소에 차를 즐겨했지만 술은 일절 입에 대지도 않았던 유 부인이었다.

그러나 며칠 전부터 술을 마시며 자는 것이 일상이 되어버렸다.

계향이 몇 번을 만류했으나 듣질 않고 있었다.

"마님!"

대낮부터 술을 마시고 있던 차에 시녀 한 명이 급히 그녀를 불렀다.

삶에 모든 낙을 잃은 유 부인이었기에 힘없는 목소리로 답했다.

"…무슨 일이느냐?"

"가주께서 방금 세가로 복귀하셨습니다."

"가주께서?"

사마 가주가 복귀했다는 말에 유 부인의 눈에 눈물이 핑 돌았다.

평소에 그렇게 밉상이었던 남편이었지만 이때만큼은 반가운 생각이 들었다.

유 부인은 거의 뛰어나가다시피 남편을 맞이하러 나갔다.

그러나.

"응?"

가주를 발견한 곳은 다름 아닌 세가의 연무장이었다.

가주인 사마염과 가신들은 누군가의 비위를 맞추느라 굉장히 정신이 없었다.

'뭐야, 저년은……'

저놈의 버릇은 어딜 가지 않는구나 싶었다.

찰랑이는 길고 검은 머리카락이 허리까지 닿고, 흰색의 단아한 무복을 입은 여인이었다.

여자인 그녀가 보아도 짙은 눈썹에 반짝이는 눈망울 하며 도톰한 분홍빛 입술이 매력적으로 보이는 절세 미녀였다.

'저리 젊고 아름다우니……'

화가 났다.

제 마누라와 아들들은 독에 중독되고 팔이 잘렸는데, 여자 앞에서 시시덕거리는 모습을 보니 손이 떨리며 진정이 되지 않았다.

"우욱!"

화가 오르자, 기운을 조절하지 못한 유 부인이 피를 토했다.

당황한 계향이 그녀를 붙들었다.

"마님, 마님!"

계향이 소리를 지르자, 흰 무복의 여인에게 집중하던 사마염이 이를 알아챘다.

한데 당연히 부인에게 달려와 걱정을 하는 모습을 보일 줄 알았는데, 사마염은 힐끔 보고는 인상을 한번 찡그리더니 가신들 중 한 명을 보낼 뿐이었다.

"계향아, 이게 무슨 일이냐? 마님께서는 왜 그러는 것이냐?"

그는 사마세가의 세 장로 중 한 명인 육필흠이라는 자였다.

육필흠의 말에 계향은 섭섭하다는 눈빛으로 가주 사마염을 한번 쳐다보고는 토로했다.

그 사이에도 사마염은 흰색 무복의 여인과 대화를 나누고 있었다.

"검황의 셋째 제자께서 이렇게 무(武)에 관심이 많으실 줄이야. 하하하핫."

"저도 무인이니까요."

유 부인은 그 모습을 한참 떨어져서 봤기에 그녀가 아름답다는 것만 인지했다.

하지만 가까이에서 보면 북풍이라도 몰아치듯 차가운 표정으로 일관하고 있었다.

덕분에 사마염과 가신들은 그녀의 비위를 맞추느라 정신없었다.

'젠장, 검황의 제자만 아니었더라도 고작 이런 계집 따위의.'

흰 무복의 여인은 다름 아닌 검황의 셋째 제자였다.

현 무림에서 최강이자 최대의 문파인 검문의 장문인이자 무림맹의 맹주, 검황(劍皇).

그가 아끼는 유일한 여제자가 바로 눈앞의 설유라였다.

"하하핫, 세가에서 제일 방문해 보고 싶은 곳이 연무장이라니, 확실히 무인답구려."

"……"

아무리 입에 발린 말이라도 칭찬은 고래조차 춤을 추게 만든다. 그런 점에서 설유라의 반응은 마치 감정이 없는 사람처럼 차갑기만 했다.

이에 사마염은 그녀의 비위를 맞추는 데 진땀을 빼고 있었다.

'사파 출신이라고는 하나, 무인의 집안인데 연무장이 깨끗하구나.'

반면 설유라는 실망이 이만저만이 아니었다.

그녀는 검황이 아끼는 제자답게 무(武)의 재능과 관심이 남달랐다.

그렇기에 다른 문파나 혹은 세가에 방문할 경우, 항상 그곳의 연무장을 방문했다.

일종의 무인으로서의 호기심과 호승심의 발로였다.

'연무장을 제대로 쓴 흔적조차 없다니. 사형의 말대로 이곳에서 뭔가를 기대하기는 힘들겠어.'

검황의 명으로 그녀와 사형제들이 각 문파들을 순회하고 있었다.

그러나 세가의 수준이 이 정도라면 기대할 만한 가치조차 없어 보였다.

"뭐, 불편하신 것이 없다면 안채로 가서 다과와 차라도 하시면서……."

"연무장 바깥에 쓰러지신 분이 세가의 가모분이 아닙니까?"

"아아… 그게……."

갑작스러운 설유라의 발언에 사마염이 당황스러워했다.

연무장의 바깥에서 계향이 소리치는 것을 들었기 때문이었다.

"저한테보다는 지금은 공의 부인께 신경 쓰는 것이 나아보입니다."

"크흠, 그… 그렇구려."

검황의 제자였기에 최대한 신경 쓰는 모습을 보이려 했는데, 오히려 역효과만 불러 일으켰다.

원래도 차가운 얼굴이지만 이상하게도 설유라의 눈빛이 더욱 싸늘하게 느껴졌다.

"쯧쯧, 사마 공의 부인께서 아무래도 독에 중독된 것 같군요."

그때 설유라의 옆에 서 있던 푸른 도포에 섭선을 들고 있는 중년의 남자가 혀를 차며 말했다.

"중독이라뇨? 문 대협, 그게 무슨 말이오?"

남자의 이름은 문율.

검문의 검하칠위(劍下七位) 중 제사석에 해당하는 자였다.

검문의 위명 아래에 활동하는 일곱 무인 중 하나로, 검황의 명으로 설유라를 호위하는 중이었다.

"저기 시녀로 보이는 자가 그리 말하고 있군요."

문율의 말에 주위에 서 있던 사마세가의 가신들은 내심 놀라워했다.

가모가 피를 토했을 때 계향이 지르는 소리는 들었지만 이 정도 거리에서 계향의 목소리를 들을 정도면 무공 수위가 높다는 의미였기 때문이다.

'검문의 검하칠위가 그 위명이 높다더니 헛소문이 아니구나.'

하지만 놀라는 것도 잠시였다.

중독이라는 말에 여태 간신배같이 웃던 사마염의 안색이 나빠졌다.

아무리 주색을 밝히고 모자라다고 하여도, 그녀는 자신의 부인이었다.

"잠시 실례하겠네."

설유라가 고개를 끄덕이자 사마염이 한달음에 유 부인에게로 달려갔다.

어찌 된 영문인지 묻자 계향은 육필홈 장로에게 했던 말처럼 유 부인이 독에 중독되었다고 말했다.

"독이라니! 무슨 헛소리를 하는 게야! 대체 누가 그런 짓을 했다는 거야?"

"그… 그것이……."

계향이 머뭇거리며 망설이자 육필홈이 인상을 쓰며 대신 답했다.

"주공! 삼 공자라고 합니다."

"영천이가? 지금 본가주를 능멸하는 것이냐!"

사마염은 진심으로 화가 났는지 이마에 핏줄까지 서서 소리 질렀다.

당최 이해가 가지 않는 말이었다.

내공이 폐해져서 팔까지 잘린 셋째 녀석이 무슨 수로 이런 짓을 한단 말인가.

더군다나 그는 한창 괴의 사타가 치료 중이었다.

"하나, 가주님… 사실입니다."

계향이 송구스럽다는 표정을 지으며 말했다.

워낙 그녀의 눈빛이 진지해 거짓말을 하는 것 같지 않았다.

"쿨럭!"

"부인! 부인! 괜찮소?"

유 부인이 피가 섞인 기침을 내뱉으며 정신을 차렸다.

사마염이 그런 그녀를 부축하며 물었다.

하나 상태가 좋지 않은지 대답하지 못하고, 유 부인은 계속 기침을 하며 고통스러워했다.

바로 그때였다.

"사마 공, 잠시 결례를 끼치겠습니다."

"문 대협?"

어느새 문율이 다가와 유 부인을 바닥에 정좌시키더니, 등에 손을 갖다 댔다.

내공을 주입시켜 상태를 호전시키려는 듯했다.

얼마 있지 않아 하얗던 유 부인의 얼굴색에 분홍빛으로 핏기가 돌았다.

"후우."

문율의 손을 떼자, 유 부인은 편안한 얼굴로 눈을 감았다.

이를 계향이 뒤에서 받쳤다.

"아아! 문 대협, 정말 고맙소이다!"

사마염이 감사를 표했지만 문율은 석연치 않은 표정으로 유 부인을 바라보았다.

이에 의아해진 사마염이 물었다.

"무슨 문제라도?"

"내공으로 독을 몰아내 보려고 했는데, 실패했습니다."

문율의 내공은 검하칠위 중 수위에 꼽을 만큼 심후했다.

양강(陽强)의 내공을 지녔기에 단번에 독을 몰아내려 했으나, 독이 단전에 유착되어 잘못 건드렸다가는 주화입마 혹은 단전이 폐해질지도 모른다고 판단했기에 손을 뗀 것이었다.

"허어, 보통 독이 아니군요."

어지간한 독은 양강의 내공에 취약하다.

문율 역시도 스스로의 내공 수위에 자부하고 있었는데, 독을 제압하지 못하자 꽤나 자존심이 상한 것 같았다.

으득!

"누가 이렇게 했다고 했느냐!"

보통 독이 아니라는 것을 알자, 사마염은 다시 분노했다.

그런 사마염의 모습을 보며 시녀, 계향의 머릿속에서는 수많은 생각이 스쳤다.

어쩌면 지금 당장에 가모인 유 부인을 비롯해, 현 상황을 반전시킬 사람은 사마 가주 한 사람뿐이라고 여겨졌기 때문이었다.

"가주님, 실은……."

결국 계향의 입에서 이때까지 있었던 일들이 고해졌다.

물론 먼저 유 부인과 쌍둥이 공자들이 사마염의 부재중에 삼 공자의 목숨을 노렸던 것은 교묘하게 비틀어서 이야기를 했다.

마치 주화입마를 입은 사마영천이 미쳐서 이런 짓을 한 것처럼 말이다.

계향이 이야기를 듣는 사마염을 비롯한 주위 사람들의 표정은 갈수록 가관도 아니었다.

"…그렇게 마님을 비롯해 두 분 공자님까지 전부 독에 중독된 것입니다."

"사마영천, 이놈이 감히!"

이를 가는 사마염의 분노는 극에 이르렀다.

어찌나 화가 났는지 눈에 보이는 것조차 없어 보였다.

옆에서 같이 사정을 들은 문율조차도 그 잔인함에 혀를 찰 정도였다.

'허어, 정말 위험한 놈이구나. 제 어미와 형제들을 이리 만들 정도면.'

반면 얼음처럼 차가운 표정을 하고 있는 설유라의 얼굴에서는 아무런 변화가 없었다.

무표정하게 이야기를 듣더니, 오히려 흥미로운 눈빛을 하고 있었다.

'자신의 팔을 자른 두 형의 팔을 자르다니, 무공이 폐해진 자가 은원 관계에 있어서 참으로 철저하다.'

그녀는 이곳으로 오면서 사마염에게 시시콜콜한 이야기까지 들었다.

사마염이 사파 출신이었기에 특별히 공감대가 없어서 집안에서 벌어진 몇몇 이야기를 해주었다.

"내, 이 빌어먹을 놈을 용서치 않겠다!"

"가… 가주!"

분노가 극에 이른 사마염의 눈에는 더 이상 검황의 제자가 들어오지 않았다.

아무리 사마영천에게 일말의 정을 가졌다고 하나, 정부인에게서 나온 쌍둥이 공자만 할 리가 없었다.

"당장 가서 영천이 놈을 끌고 와! 반항하면 남은 팔을 잘라도 좋다!"

"충(忠)!"

사마염의 명령에 장로 육필흠과 그의 무사단이 충(忠)이라는 말과 함께 빠르게 외채로 향했다.

항상 정통성을 주장했던 육필흠이었기에 이는 좋은 기회라고 여겼다.

외채에 도착하자 육필흠의 무사들이 외채 곳곳을 둘러쌌다.

"더러운 핏줄 놈을 당장 끌어내라!"

"넵!"

육필흠의 명령이 떨어지자 다섯 명의 무사가 검을 뽑아, 외채의 방 안으로 신형을 날렸다.

단숨에 덮쳐서 제압할 요량이었다.

그 모습을 본 육필흠의 얼굴에서 만족스러운 미소가 떠올랐다.

'흐흐흐, 알량한 무공의 두 공자와는 다를 거다.'

그가 직접 기른 무사단은 전부 전장 경험이 있는 내공을 다룰 줄 아는 무인들이었다.

무공 실력이 미천한 쌍둥이 공자와는 차원이 달랐다.

그러나 예상치 못한 일이 발생했다.

쿵쾅! 쾅!

"크악!"

"컥!"

외채 안에서 시끄러운 굉음 소리와 함께 비명 소리가 들렸다.

심지어는 방의 창문을 뚫고 무사 한 명이 튕겨지다시피 밖으로 날아왔다.

튕겨진 무사는 공포에 빠진 표정으로 몸을 부르르 떨더니, 이내 피를 토하고 쓰러졌다.

"이… 이게 무슨 일이야?"

육필흠은 뭔가 잘못되었음을 느꼈다.

당황하는 사이에 외채의 방문이 열리며 누군가 방 안에서 걸어 나왔다.

"사… 삼 공자!"

그는 다름 아닌 사마영천의 육신을 가진 천마였다.

마루에 서서 처마에 가려진 음영 사이로 붉은빛의 살기 어린 홍안이 육필흠을 내리깔듯 바라보고 있었다.

오싹!

'어떻게 인간이 이런 살기를.'

흉신악살이 있다면 이런 흉악한 살기를 띨 수 있을까.

상의를 걸치지 않은 천마는 잘 발달된 상반신 근육을 내비치고 있었다.

휙!

"끄억!"

살기에 눌려 꼼짝하지 못하는 육필흠의 발밑으로 무사 한 명이 짐짝처럼 날아와 굴러 떨어졌다.

어지간한 힘이 아니고는 도저히 할 수 없는 짓이었다.

"아… 아니, 사… 삼 공자의 팔이?"

놀랍게도 휑하게 비어 있어야 할 천마의 오른팔이 생생하게 자리 잡고 있었다.

특이한 것은 그 오른팔은 구릿빛을 넘어 검은 빛깔을 띠고 있었는데 상반신의 피부색과 너무 달랐기에 마치 다른 사람의 것처럼 보였다.

"검은… 팔?"

그것은 말 그대로 검은 팔이었다.

# 12장
## 천마님, 팔을 얻다

지금으로부터 이틀 전.

괴의 사타는 어딘가로 훌쩍 떠나 닷새 동안이나 세가를 방문하지 않았다.

그 사이에 천마의 단전 회복에는 상당한 성과가 있었다.

"후우!"

일반적으로 한번 파괴된 단전을 복구시키는 것은 불가능하다.

하지만 천마는 과거에 원래의 몸일 때도 단전이 파괴된 적이 있었다.

'애초에 단전을 회복시킨다는 개념이 아니지.'

깨진 단전은 정상적인 내공의 일주천으로 형성이 된다. 그렇기에 한번 깨진 상태의 단전을 다시 살리기 위해 원래의 방법을 행하려고 해봐야 단전이 재형성될 리가 없었다.

대신 내공을 역으로 일주천시키는 역혈운기법으로 새로운 단전을 형성시켰다.

"현천신공!"

고오오오오!

전신으로 서서히 흑빛 운무가 피어오른다.

미약하기 짝이 없었지만 천마의 몸에서 피어오르는 운무의 기운은 범상치 않았다.

"후우."

운기를 행하던 것을 멈추자 몸에서 피어오르던 흑빛 기운이 수그러들었다.

현천신공은 천마가 만든 희대의 신공이었다.

아무리 무의 재능이 떨어지는 자들이라도 현천신공을 익히면 무림에서 고수로 거듭난다.

'천양지체라면 벌써 효과를 보았을 텐데. 이 정도가 한계로군.'

만약 다른 이들이 보았다면 경악했을 일이었다.

불과 한 달도 채 되지 않아 단전을 형성하고, 일이 년 정도에 달하는 내공을 모았다는 것은 거의 기적이나 다름없었다.

하지만 천마의 입장에서는 불만족스러웠다.

"젠장, 지체되는군."

지금 이 순간에도 마교는 시시각각 부교주와의 권력전이 벌어지고 있을 것이다.

검문을 엎어버리기 위해서는 최소한 마교를 정상화시켜야 했다.

"망할 놈의 혈손."

도움이 되지 않는 녀석이다.

자신의 혈손이라는 자에게 도통 믿음이 생기지 않는다.

아니길 바라고 있지만 자신이 없는 사이에 부교주의 뜻대로 흘러갈 공산이 높았다.

침대에 기대앉은 천마는 곰방대의 끝에 불을 붙이며 한 모금 물었다.

"후우~"

천마의 입에서 뿌연 연기가 흘러나오며 방 안을 자욱하게 만들었다.

그나마 유일하게 천마, 그 자신을 달래주는 것은 담배뿐이었다. 이것이라도 없었다면 낙도 없었을 것이다.

그러던 찰나에 방문을 두드리는 소리가 들렸다.

똑똑!

"공자님, 괴의 어른께서 오셨습니다요."

"들라 해라."

이윽고 문이 열리더니 사타가 특유의 웃음소리를 내며 등장했다.

사타는 등에 봇짐을 메고 있었고, 양손으로 커다란 철갑으로 보이는 것을 들고 있었다.

그 괴상한 모습에 천마의 눈이 자연스럽게 철갑으로 향했다.

"켈켈켈, 그리 오래 걸리지 않았지."

"늙은이가 경망스럽게 웃기는."

절대로 고운 말을 뱉는 천마가 아니었다.

그런 천마의 말투가 꽤 익숙했는지 사타가 개의치 않는 표정으로 철갑을 탁자에 올려놓았다.

스스스!

철갑이 탁자에 닿자 서리가 맺히며 차가운 한기(寒氣)가 방안에 감돌았다.

이는 단순한 철로 만들어진 상자가 아니었다.

"한철이군?"

"호오, 이걸 알아본 건가."

사타가 감탄하며 철갑을 툭툭 쳤다.

천마의 말대로 철갑은 한철(寒鐵)로 만들어진 상자였다.

일반적인 쇠가 아니라 긴 시간 동안 북해의 차가운 기운이 묵혀 있는 철이었다.

"켈켈, 이것은 한빙보갑(寒氷寶匣)이라 불리는 상자이지."

"한빙보갑?"

"북해빙궁의 최고의 대장장이가 만든 보물일세."

사타가 들고 온 한빙보갑은 의가에 있어서 최고의 보물 중 하나라 할 수 있었다.

북해의 차가운 영기를 보존하고 있는 한빙보갑은 어떠한 물건이라도 그 영속성을 잃지 않게 해주는 효능을 가지고 있었다.

"팔을 담아 온 것이로군."

"켈켈, 역시 눈치가 빨라, 자네는."

웃고 있는 사타를 보면서 천마는 의아해했다.

고작 팔을 가져오는 데 저런 보물까지 써가면서 들고 온 것이란 말인가.

"쉬운 일이 아닐세."

"……?"

"팔을 접합하려면 거부반응이 없어야 하네, 켈켈."

긴 세월을 살아왔기에 나름 의학적 지식이 두터운 천마였지만 사타가 무슨 말을 하는지 도통 이해할 수가 없었다.

"신체와 신체를 연결하는 일일세. 다른 것은 몰라도 서로의 혈액이 맞지 않아 거부반응을 보이면 접합해도 말짱 도루묵이지."

천마의 그런 생각을 알아챘는지 사타가 친절하게 사족을 붙였다.

그러자 천마가 대략 이해했다는 듯이 고개를 끄덕였다.

'흠, 복잡하게 말했는데 그걸 이해하다니. 역시 어느 정도 의술을 알고 있군.'

의술에 대한 지식이 없다면 저런 납득하는 표정을 지을 리가 없었다.

천마를 알면 알수록 그 저력이 어디까지인지 궁금해지는 사타였다.

"늙은이, 빨리 팔을 접합해라."

고작 오 일에 불과했지만 고대하던 순간이었기에 천마는 빨리 접합할 것을 재촉했다.

이에 사타가 한빙보갑을 열기 전에 득의양양한 얼굴로 말했다.

"켈켈, 정말 자네는 정말 운이 좋아."

"그게 무슨 헛소리냐?"

"몇십 년 동안 의원 노릇을 하면서 나는 천운이라는 것을 믿지 않네. 기연이라는 것도 믿지 않고 말이야."

사타가 한빙보갑을 열자 상자가 닫혀 있을 때와는 비교도

하기 힘든 한기가 뿜어져 나왔다. 방 안에 있는 데도 불구하고 입김이 서릴 정도였다.

"이… 건?"

천마의 눈에 이채가 띠었다.

지금까지 사타의 앞에서 감정을 잘 드러내지 않았지만 꽤 놀란 것 같았다.

한빙보갑에서 나오는 하얀 김이 가시자, 보인 것은 다름 아닌 검은 피부의 팔이었다.

"이 팔… 어디서 난 거냐?"

"호오? 설마 누구의 것인지 아는 겐가?"

사타는 놀랍다는 표정을 지었다.

하지만 천마가 고개를 저으며 더욱 진중한 목소리로 말했다.

"아니, 이 팔, 보통 고수의 것이 아니군."

천마는 자신의 눈을 의심하지 않았다.

검은 팔은 마치 날카롭게 제련된 절세 무구를 보는 것만 같은 느낌이었다.

'잘린 팔이라고는 믿기 힘들 정도야.'

한빙보갑의 효능은 놀라웠다.

잘린 팔이었음에도 불구하고 여전히 핏기가 돌고 있었고, 생생한 기운이 느껴졌다.

천마가 조심스럽게 검은 팔에 손을 갖다 대었다.

[크아아아아아아!]

"큭!"

원영신이 크게 울릴 정도로 강렬한 사념의 외침에 천마가 인상을 썼다.

육신 전체도 아니고 팔 한 짝에 이렇게 강한 사념을 느껴본 것은 처음이었다.

"왜 그러는 것인가?"

"…신경 쓸 것 없다."

갑작스러운 천마의 이상한 반응에 사타는 궁금했지만 아무 말 하지 않았다.

그의 불같은 성격상 더 말을 했다가 무슨 짓을 당할지 모른 다는 생각이 들었기 때문이다.

"이 팔, 대체 누구의 것이지?"

"켈켈, 이 노부가 어째서 자네에게 행운이라고 했는지 아 나?"

"…묻는 말에나 답해라."

"켈켈, 놀라지 말게. 이 팔은 바로 북호투황의 팔일세."

북호투황이라는 말에 천마가 가늘게 눈을 떴다.

마교에서 부활했을 때, 오 장로가 했던 말을 떠올렸다.

북호투황은 현 무림의 정점이라 불리는 오황(五皇)의 일인이며, 정파 무림맹과의 전쟁에서 죽었다는 인물로 정확하게 기억하고 있었다.

"오황?"

"그래! 그 오황 중 일인이었던 북호투황의 것이지."

북호투황(北虎鬪皇).

북무림을 군림하였고, 사파 무림의 유일하게 영웅이라 불리는 자였다.

어떻게 사파의 대거두인 북호투황의 팔을 사타가 가지고 있는 것일까?

"이걸 어떻게 가지고 있는 것이지?"

"그건 말일세."

"……?"

"접합이 제대로 성공한다면 알려주지, 켈켈."

천마는 약을 올리듯이 말을 하는 사타를 짜증스러운 눈으로 바라보다 고개를 끄덕였다.

천마에게 있어서 사타는 팔을 접합하고 나면 필요성이 없는 존재였다.

'망할 늙은이, 팔만 접합되면 죽여 버려야지.'

이미 그렇게 마음먹고 있었다.

그걸 아는지 모르는지, 불쌍한 사타는 신나게 말하고 있었다.

"행운이었네. 설마 했었지. 여태까지 수많은 사람과 혈액 검사를 했지만 이상할 정도로 접합할 수 있는 자가 없더군."

"그렇다는 건?"

"자네가 최초야. 말 그대로 기연(奇緣)이라 할 수 있지."

사타가 어떤 경로로 북호투황의 잘린 팔을 얻었는지는 모른다.

다만 북호투황은 무림에서 오황이라 불리는 절세 고수였다. 그런 절세 고수의 팔은 단순한 시신의 조각이 아니라, 무가에 있어서 지보라고 할 수 있었다.

'시끄럽군. 음? 이 검흔은……'

천마는 보갑의 안을 들여다보다 문득 검은 팔의 잘린 단면을 보게 되었다.

뛰어난 검사의 검기는 그 흔적을 남기게 된다.

'…검선의 유성검법(流星劍法)!'

이 특유의 검기를 잊을 수 있을 리가 없었다.

지지도 않았지만 평생을 꺾지 못했던 유일한 호적수의 검법이다.

이 팔에는 검선의 유성검법만이 가지는 검흔이 남아 있었다.

'그런데 이상하다.'

검선을 떠올렸지만 천마는 한 가지 이상한 점을 발견했다.

유성검법은 엄밀히 얘기하면 검성이 자연지도와 활검(活劍)을 위해 창시한 검법이었다.

'검혼에 짙은 살의가 베여 있다.'

이것은 살검(殺劍)이었다.

유성검법은 살의를 머금으면 그 위력이 죽는다.

그런데 검혼에 담긴 살의를 느끼니 이상하게 느껴질 수밖에 없었다.

'하긴, 중원 무림을 제패하려 드는 놈들이 활검이니 뭐니 구애받는 것도 웃기군. 유약한 내 후손들도 웃기지만 네놈도 만만치 않구나, 검선!'

천마는 진심으로 조소했다.

그리고 검선과의 계속되는 지긋지긋한 인연의 연결 고리를 경멸했다.

사타가 봇짐을 내려놓고 접합 수술을 하기 위해 준비하기 시작했다.

"음."

수술하기 위해 수많은 날카로운 도구를 나열하는 것을 보며 천마가 신음성을 흘리더니 곰방대를 물었다.

누군가가 제 몸에 칼을 대는 것을 질색하는 천마였다.

"켈켈, 팔을 접합하려면 절단된 부위를 다시 베어야 하네. 뭐, 마취를 할 거니까 너무 걱정 말게."

"망할 늙은이."

"켈켈켈."

천마의 불편한 심기를 아는 건지 모르는 건지, 사타는 유독 즐거워 보였다.

절세 고수인 오황의 팔을 사마영천에게 접합했을 때, 과연 어떠한 결과가 나타날지 너무나도 기대되었다.

천마가 상의를 탈의하고 침대에 누웠다.

주요 혈 자리에 마침 침을 놓기 시작하는 순간, 천마는 가사 상태에 빠진 사람처럼 눈을 감았다.

"자네에게 복이 될지 화가 될지 한번 보자구, 켈켈."

그렇게 수술이 시작되었고, 장장 다섯 시진이나 걸린 대수술이었다.

팔의 세세한 혈관부터 근육을 이식하는 과정은 현 시대의 어떠한 의원들도 할 수 없는, 수백 년을 앞선 의술이었다.

과연 사타는 중원 최고의 의원 중 한 명이라고 할 수 있었다.

이윽고 수술을 마친 사타는 탈진해서 쓰러지고 말았다.

"후우, 이제 깨어나기만을 기다리면 되는 건가? 켈켈."

모든 것은 천마가 깨어나면 그 결과를 알 수 있다.

기운을 소진한 사타는 바닥에 누워서 그대로 잠들고 말았다.

얼마나 시간이 지났을까.

늦은 밤중이었다.

타탁! 타탁!

불에 타는 것만 같은 고통이 온몸을 사로잡고 있었다.

전신 마취로 인해 숙면 상태에 빠져 있던 천마는 강렬한 고통에 눈을 떴다.

"크윽!"

한데 고통뿐만이 아니었다.

강렬한 사념이 검은 팔을 타고 흘러 들어와 마치 그의 목을 옥죄이는 것처럼 위협하고 있었다.

절세 고수라 불린 북호투황의 의지가 깃든 팔은 일반적인 사념과 달랐다.

[크아아아악!]

짐승처럼 울부짖는 것이 쉽게 길들일 수 없어 보였다.

깨어났을 때 곧바로 움직일 수 있을 것인가 의문이 들었는데.

"젠장, 아무런 감각도 느껴지지가… 큭! 망할, 아프기만 하잖아!"

어깨를 타고 오는 것은 오직 고통뿐이었다.

팔 전체가 불타오르는 것처럼 뜨거운 열기에 잠식되고 있었다.

그런데 이상했다.

단순히 오른팔을 이식하면서 생긴 고통을 넘어섰다.

'뭐지, 이 강렬한 기운은?'

강대한 양강지기(陽强之氣)가 이식한 팔을 타고 올라와 천마의 육신을 잠식하려 들고 있었다.

이것은 검은 팔이 가지고 있는 특유의 내공이었다.

'잘린 팔에 어떻게 이런 강대한 기운이!'

천마는 모르고 있었지만 북호투황은 양강지기를 가진 절세 외공의 고수였다.

일반적인 심법은 단전에 내공을 모았으나 북호투황의 독문 심법은 몸 전체를 단련하여 자연스럽게 내공을 전신에 골고루 안배했다.

"쿨럭!"

천마의 입에서 선혈이 솟구쳤다.

강대한 양강지기의 내공이 육신으로 주입되면서 그 힘을 견디지 못한 것이었다.

그것은 단순히 주입되는 수준을 넘어서 공격적으로 천마의 육신을 타고 넘어왔다.

"큭, 망할. 무슨 놈의 내공이 이렇게……."

잘린 팔에 담긴 내공치고는 너무 많았다.

한참 전에 흩어졌어야 할 기가 이 정도까지 보존되었다는 것은 무림 종사인 천마가 느끼기에도 비상식적이었다.

'방법이 없군. 먹히지 않으려면 먹어치워야지!'

천마는 결국 가부좌를 틀어 자세를 잡았다.

고작 이 년 정도에 불과한 내공을 지녔기에 도리어 검은 팔에서 흘러나오는 내력에 잠식되려 하고 있었다.

'현천신공!'

천마는 현천신공을 운용했다.

다행스러운 것은 이 기운이 양강지기라는 것이었다.

극도의 양기를 필요로 하는 현천신공에게 있어서는 상성이 좋은 먹잇감이라 할 수 있었다.

단지 그 먹잇감이 자신의 덩치보다 어마어마하게 크다는 것이 문제지만 말이다.

"흐읍!"

현천신공을 운용하자 천마의 몸에서 흑색 운무가 피어올랐다.

검은 팔에서 나오는 양강지기와의 힘겨루기가 시작된 것이었다.

사방에 검은 공간이 펼쳐졌다.

이곳은 의념의 공간이라고 해야 맞을 것이다.

천마는 눈앞에 서 있는 백발의 노인을 보며 이채를 띠었다.

"고작 팔에 남은 의념이 이렇게 뚜렷하다니 대단하군."

상반신을 탈의하고 있는 백발의 노인.

노인이라고는 믿기 힘들 정도의 발달된 상체 근육은 놀라웠다.

보통 사람의 키가 오 척 정도라고 한다면 노인은 적어도 팔 척에 가까운 거대한 풍채를 가지고 있었다. 가히 거인이라고 해도 과언이 아닐 정도였다.

"크큭, 노친네 주제에 덩치가 장난이 아니군."

[크아아아아아아!]

"귀청 떨어지겠네."

노인이 사자후와 같은 고함을 지르자, 의념의 공간 전체가 울려 퍼졌다.

노인의 정체는 바로 북호투황의 의념체였다.

살아생전 얼마나 강한 정신력을 가졌는지 그 의념체가 그대로 팔에 남아 있었다.

"말로만 듣던 오황이라고 하더니 과연 대단하구나."

솔직히 말해서 천마는 오황을 자신의 전성기와 비교해서 얕잡아본 경향도 있었다.

천 년 전에도 외공으로 최고의 경지에 오른 자를 본 기억은 없었다.

북호투황의 얼굴을 제외한 상반신 전체가 검었다.

[크르르르르!]

이성은 없고 오직 전의만 가득한 북호투황의 의념체가 갑자기 주먹을 끌어당겼다.

그 순간, 강한 풍압이 일어나며 사방의 기가 북호투황의 주먹으로 모였다.

"아니, 대기의 기를 끌어당기다니?!"

스스로의 내공을 순환시키는 것이 아니었다.

대기에서 기를 끌어다 쓰는 것은 화경을 넘어선 현경의 경지이다.

북호투황은 단순히 절세의 외공을 이룩한 것을 넘어서, 현경의 경지에 이른 무인이었던 것이었다.

"이거 완전 괴물이군."

천마의 입에서 괴물이라는 말이 나왔다.

북호투황의 의념을 제압하려고 했는데, 오히려 일전이라도 벌여야 할 판국이었다.

이곳은 말 그대로 의념의 공간이었다.

천마 역시도 이곳에서 만큼은 전성기 때의 힘을 발휘할 수 있다.

[크아아아아아!]

북호투황이 주먹을 뻗자 거대한 권이 강기의 형태를 띠며 날아왔다.

대기의 기를 끌어 쓴 권강(拳强)이었다.

소림의 백보신권을 극성으로 익힌 자가 펼치는 권강이 주먹 크기만 하다면 북호투황이 날리는 권강은 작은 건물 한 채가 통째로 날아오는 것 같은 거대함을 지녔다.

"미친 늙은이 같으니라고, 크큭."

오랜만에 만나는 강한 적수.

그것은 천마의 호승심을 일깨웠다.

천마가 자신에게 날아오는 거대한 권강을 향해 두 손가락을 모은 검지(劍指)를 뻗었다.

촤아아악!

모든 것을 파괴할 기세로 날아오던 권강이었다.

하지만 놀랍게도 권강이 갈라지며 둘로 나뉘어, 천마의 양옆으로 강기가 분산되었다.

의념의 공간이 아니었다면 지면을 쪼갤 기세였다.

지금 천마는 날카로운 검 그 자체였다.

의념체였지만 눈앞에 있는 상대의 강함을 인지한 북호투황의 눈빛이 사뭇 달라졌다.

"와라!"

[크아아아아아아!]

북호투황의 신형이 번개처럼 천마를 향해 날아갔고 그들은 맞부딪쳤다.

일수와 일수가 부딪치자 거대한 파동이 의념의 공간에 퍼져 나갔다.

＊　　　　＊　　　　＊

창문을 통해 빛이 방 안으로 스며들었다.

어느새 아침이 밝았다.

긴 수술을 한 탓에 탈진했던 사타는 죽은 듯이 푹 자고 나서야 깰 수 있었다.

바닥에 엎어져서 어찌나 움직였는지 벽까지 굴러갔다.

"쿨럭쿨럭. 에구, 늙으니 체력도 없구먼."

새삼 젊을 적이 그리워지는 사타였다.

장시간의 수술을 하고 나니 온 만신이 근육통으로 비명을 지르고 있었다.

"켈켈, 이놈은 하도 담배를 피워대니, 단술을 참 좋아하는구먼."

탁자 위에는 천마가 즐겨 마시는 단술이 단지에 담겨 있었다.

그것을 그릇에 따라서 한빙보갑에 넣어두자 금방 시원해졌다.

"어휴, 시원하다. 그런데 이놈은 언제쯤 깨어날… 헉!"

단술을 시원하게 들이켜고 고개를 돌린 사타는 놀라서 뒤로 넘어질 뻔했다.

침대에 누워 있어야 할 천마가 방 한구석에 앉아서 가부좌를 하고 있었던 것이었다.

'놀래라. 아니, 이놈은 언제 깬 거야?'

마취를 한 이식 수술이었기에 적어도 이삼 일 정도는 정신 차리지 못할 거라 여겼었다.

그런데 언제 일어났는지 가부좌까지 하고 있었으니 놀랄 만도 했다.

"허어."

천마에게 말을 걸려 했던 사타는 탄성을 내뱉었다.

가부좌를 하고 있는 천마의 상반신이 땀으로 흠뻑 젖어 있었기 때문이었다.

검은 팔에 담긴 양강지기의 의념과의 힘겨루기가 밤새도록 이뤄지고 있었다.

주륵!

바닥을 흥건히 적시고 있는 땀 웅덩이를 본 사타가 인상을 썼다.

원래의 팔이 아닌 다른 사람의 팔을 이식받았기에 그 고통은 상상을 초월할 것이다.

더군다나 이식받은 팔은 다른 사람도 아닌 북호투황의 것이었다.

'정말 독한 놈이구나.'

모든 것이 사타의 예상을 뛰어넘고 있었다.

무공에 관한 것은 잘 알지 못하지만 분명 고통을 이겨내는 과정이라기보다는 북호투황의 검은 팔에 담긴 힘을 제어하기 위함이 틀림없었다.

'과연 네놈이 이 팔의 힘을 온전히 얻을 수 있을까?'

수술은 분명 성공했다.

남은 것은 오직 천마에게 달려 있었다.

기다리는 것 외에는 답이 없었기에 사타는 탁자에 앉아 여유롭게 지켜볼 수밖에 없었다.


"흐음, 정말 오래 걸리는구나."

여전히 천마는 땀을 뻘뻘 흘리며 인상을 쓰고 있었다.

오후 무렵이 되었을 때였다.

외채 바깥에서 어수선한 소리가 들렸다.

"응? 뭐지?"

사타는 어수선한 소리에 창문을 살짝 열어보았다.

어느새 수많은 사마세가의 무사가 외채를 둘러싸고 있었다.

당황한 사타는 눈이라도 마주칠까 얼른 창문을 닫았다.

"더러운 핏줄 놈을 당장 끌어내라!"

"넵!"

밖에서 들리는 소리에 사타는 당황스러움을 금치 못했다.

"내가 잘못 본 게 아니라면 분명 세가의 장로였던 것 같은데, 이런… 사마 가주가 복귀했구나. 어이쿠, 기어코 사달이 났네."

우려했던 일이 일어났다.

아무리 자식들에게 관대한 사마 가주라고 하더라도, 정실부인과 그 자식들을 건드렸으니 분노하지 않을 리가 없었다.

이렇게 장로를 비롯한 무사단까지 보낸 것을 보면 쉽게 넘어가지 않을 것 같았다.

"이놈은 아직 깨지도 않았는데."

아직 이식에 관한 성과도 확인 못 했는데, 사달이 나게 생겼다.

사타는 어떻게 해야 할지 발을 동동 굴렀다.

그 사이.

쾅!

방문을 걷어차며 다섯 명의 무사가 검을 빼 들고 외채 방 안으로 들어왔다.

다섯 무사는 방 안에 사타가 있는 것을 보고 잠시 멈칫했다.

다른 누구도 아니고 사파 제일의 의원이라 불리는 자의 앞에서 검을 빼든 것이니 말이다.

"이게 무슨 짓들인가?"

"사타 어르신이 있는 줄은 몰랐군요. 죄송한데 잠시 결례를 끼치겠습니다."

어차피 무사들의 목표는 천마였다.

사타는 외인이었기에 단지 결례를 끼치는 데만 죄송할 따름이었다.

무사들은 방 한구석에서 가부좌를 틀고 있는 천마를 발견했다.

"엇?"

"삼 공자의 팔이⋯⋯."

세가의 모든 사람은 삼 공자의 팔이 잘린 사실을 안다.

그런데 가부좌를 하고 있는 삼 공자에게 오른팔이 멀쩡히 있으니 놀랄 수밖에 없었다.

"검은⋯ 팔?"

단지 특이한 것이 있다면 삼 공자의 오른팔이 검다는 점이었다.

무사들은 잠시 서로를 마주 보았다.

[이거 설마 잘린 팔을 다시 붙인 건가? 놀랍군! 사타의 의술이 이런 신기에 가까울 줄이야. 하나 운이 없군.]

[안타깝군. 삼 공자, 팔을 되찾자마자 잃게 생겼어.]

전음을 마친 무사들은 이내 천마를 향해 다시 다가갔다.

무림 최고의 의원 중 한 사람이 있으니, 팔을 접합했을 수도 있다고 생각했다.

"삼 공자, 우리를 원망하지 마시오."

무사들의 입장에서는 정통파든 누구든 상관없었다.

하지만 육필흠이 외채 방 안으로 들어가는 무사들에게 전음으로 명한 것이 있었다.

[반항을 하든 하지 않든 나머지 팔도 잘라 버려라!]

장로 육필흠은 일 공자를 차기 가주로 밀고 있는 자였다.

그런 일 공자의 팔을 자른 삼 공자를 용서할 수 없었다.

이참에 확실하게 화근을 잘라내고 싶었다.

"이자들이 지금 무슨 짓을! 당장 멈추지 못할까!"

검을 들고 천마에게 다가가는 무사들을 향해 사타가 만류했으나 소용없었다.

이미 검날이 천마의 왼팔을 향하고 있었다.

바로 그때였다.

"풋!"

가부좌를 하고 눈을 감고 있던 천마가 검은 피를 뱉었다.

어두운 안색으로 땀을 흘리고 있던 천마였지만 검은 피를 뱉은 순간부터 얼굴의 혈색이 상기되며 원래대로 돌아오고 있었다.

"이… 이건?"

번쩍!

"헉!"

천마가 갑자기 눈을 떴다.

그러고는 바로 앞에서 천마의 팔을 베려고 검을 높이 들었던 무사가 순간 그와 눈이 마주쳤다.

오싹!

천마와 눈이 마주치는 순간, 무사는 알 수 없는 공포감에 사로잡혔다.

팔을 베기 위해 힘을 주려 했으나, 마치 누군가가 그의 팔을 붙잡고 있는 것처럼 아무것도 할 수 없었다.

"뭐 하는 거야? 빨리 베어!"

뒤에 있던 무사들이 그를 다그쳤으나 소용없었다.

천마가 천천히 몸을 일으켜 세웠다.

누군가 몸을 일으키는 것만으로 상대에게 위압감을 준다는 것이 가능할까.

무사는 자신도 모르게 뒷걸음을 쳤다.

"흐음."

천마는 그런 무사의 행동에 개의치 않고 자신의 오른팔을 움직여 보았다.

양강지기를 뿜어내며 통제가 되지 않던 오른팔이 자유자재로 움직였다.

그러자 천마의 입가에 미소가 감돌았다.

하지만 그것도 잠시였다.

"너, 뭐냐?"

"사, 삼 공자, 이… 이건……."

검을 들고 내려치려는 자세를 취하고 있던 무사는 당황해했다.

천마는 자신을 향해 검을 내려치려 하는 무사의 행동을 용납할 생각 따윈 없었다.

"됐다. 꺼져라!"

퍽!

"크억!"

검은 팔이 무사의 복부를 파고들었다.

고통스러운 비명과 함께 무사가 뒤로 튕겨져 나갔다.

이는 내공 없이 절대로 불가능한 일이었다.

"어… 어떻게 이런 일이?"

뒤에 있던 나머지 무사들은 경악을 금치 못했다.

삼 공자는 분명 단전이 폐해졌는데, 방금 전 일격은 내공이 실려 있었다.

"삼 공자의 무공이 살아났다!"

남은 네 명의 무사의 얼굴에 긴장감이 돌았다.

무공이 폐해진 삼 공자를 제압하는 것과 무공을 할 수 있는 삼 공자를 상대하는 것은 엄연히 달랐다.

그 모습을 지켜보던 사타는 흥분을 감추지 못했다.

'오오, 내공마저 회복한 건가?'

공격을 망설이고 있는 무사들을 기다려 줄 천마가 아니었다.

천마는 먼저 무사들을 향해 발걸음을 옮겼다.

한 발자국씩 움직일 때마다 마치 태산과도 같은 중압감이 그들을 사로잡았다.

"크윽."

신음성을 흘리던 무사 한 명이 중압감을 무시하고 천마를 향해 검을 찔러 들었다.

사마세가의 무사들이 익히는 사연검법(蛇聯劍法)의 초식이었다.

검이 뱀처럼 움직여서 상대의 요혈을 노리는 검법이었다.

댕강!

"어… 라?"

그런데 예상치 못한 일이 일어났다.

검초식을 펼쳤던 무사는 황당함에 입을 다물지 못했다.

천마가 오른팔을 가볍게 휘둘렀을 뿐인데 초식이 펼쳐지다 말고 검이 두 동강이 나고 말았다.

"검을 새로 바꿔야겠구나."

"뭐?"

"네놈이 살아남는다면 말이다."

퍽!

"끄악!"

쾅!

천마가 일 보를 내디디며 가슴에 일 장을 뻗자 무사가 비명을 지르며 날아가 벽에 그대로 처박히고 말았다.

특별한 초식이라기보다는 가볍게 손을 뻗었을 뿐이었다.

벽에 박힌 무사는 피를 토하고 쓰러져 일어날 기미조차 안 보였다.

'이게 정말 삼 공자란 말인가?'

압도적인 무력 차이였다.

세가의 무사들은 다른 문파에 비해서 비록 떨어지지만 엄연히 무공을 익힌 자들이었다.

그런 무사 두 명을 일격으로 순식간에 쓰러뜨렸다.

"거, 겁내지 마라! 동시에 공격한다!"

무사들은 확실하게 인지했다.

눈앞에 있는 존재는 자신들이 일대일로 상대할 수 없다는 것을 말이다.

그나마 제압할 수 있는 확률은 합공뿐이었다.

"출초(出招)!"

무사 한 명이 외치자 동시에 세 명이 초식을 펼치며 천마에게 신형을 날렸다.

각자가 자신 있는 검초식으로 천마의 급소들을 노렸다.

"유(柔)가 강(强)을 누르기도 하지."

모든 무공의 종사자는 하나같이 말한다.

진정한 고수는 강(强)과 유(柔)를 겸할 줄 아는 자야 한다고.

천마를 두고 후세인들은 강(强)의 성향을 띤 무인이라 말하지만 실상 그 정도 되는 무인은 강유(强柔)를 동시에 겸하고 있다.

현천유장(玄天柔掌).

무림을 종횡하던 시절, 천마는 검과 장법으로 명성을 날렸었다.

천마가 부드럽게 팔을 회전시키자 그들이 펼친 검초식이 부드러운 장결에 휩쓸렸다.

부드러운 장법은 마치 흐르는 구름과도 같았다.

"으으으으! 헉!"

채채챙!

그들이 들고 있던 검이 장결에 휩쓸렸고 천마가 손을 부드럽게 위로 뻗자 천장에 차례로 꽂혔다. 신기에 가까운 장법이라고 할 수 있었다.

"허어."

'이놈, 대체 정체가 뭐야?'

분명 삼 공자가 아님은 알고 있었다.

눈앞에서 펼쳐지는 격조 높은 장법을 보고 나니, 사타는 더욱 의문스러울 수밖에 없었다.

"방에서 썩 꺼져라."

부우우웅!

"어어어어엇! 우와아아악!"

쾅!

천마가 위로 뻗었던 팔을 좌측으로 부드럽게 뻗자, 무사 한 명이 웅대한 장결에 휩쓸려 그대로 창문을 뚫고 밖으로 튕겨 나가고 말았다.

"마, 망할 놈! 죽어랏!"

그대로 당하고만 있을 무사들이 아니었다.

무사 중 한 명이 품 안에서 단검을 빼 들어 천마의 배를 찌르려 했다.

"멍청하긴."

천마는 가볍게 옆으로 몸을 틀어서 그것을 피했다. 그리고는 손을 뻗어 무사의 뒷목을 스치듯 가볍게 내려쳤다.

픽!

쾅!

"끅!"

단순히 스친 듯해 보였지만 무사는 강하게 내려찍힌 것처럼 땅바닥에 엎어졌다.

그 힘은 엄청나서 방바닥이 팰 정도였다.

"흠?"

천마는 자신의 오른손을 들어 쳐다보았다.

'힘이 조절되지 않는군.'

원래대로라면 가볍게 뒷목을 쳐서 기절시킬 요량이었는데, 저도 모르게 손에 강한 내력이 실렸다.

외공이 극한의 경지에까지 이른 북호투황의 팔은 천마가 생각한 것 이상으로 그 위력이 과했다.

부들부들!

천마가 눈앞에서 몸을 사시나무처럼 떨고 있는 마지막 무사를 쳐다보았다.

동료들이 순식간에 당한 것을 보고 난 그는 겁에 질려 있었다.

"사, 삼 공자님! 저… 저는 삼 공자님께 위해를 끼칠 마음이 없었습니다."

조금만 더 겁을 주면 무릎이라도 꿇을 기세였다.

천마가 그런 무사를 향해 묘한 미소를 지었다.

이에 겁에 질렸던 무사는 자신을 봐주는가 싶어 긴장을 풀었다.

퍽!

"끄어어어어억!"

"무인이라면 덤비는 시늉이라도 해라."

천마의 발길질에 중요한 부위를 맞은 무사는 호흡을 가다듬지 못하고 바닥을 기었다.

애초에 천마는 검을 들고 목숨을 노렸던 자를 봐줄 생각 따윈 없었다.

"이, 이보게. 자네 어떻게 할 생각인가?"

방 안에 있는 무사들이 정리되자, 사타가 걱정스러운 듯이 물었다.

천마가 대단하긴 했지만 이곳은 사마세가 내렸다.

아직 바깥에는 수많은 무사가 그들을 둘러싸고 있었다.

"늙은이가 걱정하긴."

"아… 아니! 지금 나가면 어쩌자는 건가?"

천마는 전혀 개의치 않는다는 태도로, 중요한 부위를 붙잡고 고통스러워하는 무사의 머리채를 쥐고 방 밖으로 끌고 나갔다.

외채의 바깥에 있던 육필흠을 비롯한 무사들의 얼굴엔 당황스러운 기색이 역력했다.

방 안에 들어갔던 무사들이 비명을 지르고, 창밖으로 튕겨져 나오는 것을 보았으니 그럴 만도 했다.

'저놈이 이놈들의 수장이군.'

천마는 육필흠을 향해 머리채를 잡고 있던 무사를 냅다 던져 버렸다.

외공이 극도로 발달한 검은 팔은 너무나도 가볍게 그를 던졌다.

"아, 아니, 삼 공자의 팔이?"

천마의 팔을 본 육필흠은 깜짝 놀랐다.

북호투황의 무공 때문인지 오른팔이 검은 빛깔을 띠고 있어서, 보는 사람으로 하여금 위압감을 느끼게 만들었다.

'도대체 저 팔은 뭐지? 사람을 통째로 던질 정도의 힘이라니!'

원래 삼 공자의 몸과는 어울리지 않는 팔이었다.

이질감이 느껴지는 검은 팔을 보자 육필흠은 조심스러워질 수밖에 없었다.

더군다나 상황을 보아하니, 삼 공자는 무공마저도 회복한 듯했다.

"삼 공자, 그동안 강녕하셨소."

육필흠이 갑자기 포권을 취하며 천마에게 인사를 건넸다.

적어도 자신이 알고 있는 그 유순한 삼 공자라면 부드럽게 인사를 건넬 것이라 여겼다.

그러나.

"미친놈, 강녕 좋아하시네."

"쿨럭쿨럭!"

뜻밖의 시정잡배와 같은 거친 말투에 육필흠은 당황하고 말았다.

유의 깊게 들었던 것은 아니지만 평소 삼 공자의 말투가 저 랬었나 하는 착각마저 들었다.

세가에서 소문이 날 정도로 유한 성정의 삼 공자와는 거리 가 멀었다.

# 13장
## 검문의 여제자

주위의 무사들이 움찔하며 동요하고 있었다.

그도 그럴 것이 천마가 내뿜고 있는 살기와 그 위압감은 보통을 넘어섰다.

마치 발가벗고 전장의 한복판에 서 있는 느낌이었다.

"하하하, 삼 공자. 그것이 아니라……."

"아니긴. 검을 쥐고 강녕이라는 말이 잘도 나오는군."

그도 맞는 말인지라 반박하기도 어려웠다.

육필흠은 고민이 되었다.

처음 목적과 달리 삼 공자를 제압하는 건 힘들어 보였다.

'내가 나서도 섣불리 장담하긴 어렵겠어.'

세가의 장로답게 무림에서 굴러먹은 연륜이라는 것이 있었다.

겨뤄봐야 진가를 알겠지만 사방을 흉흉하게 만드는 살기만 하더라도 쉽게 승부를 장담하지 못하게 만들었다.

"뜸 들이지 말고 덤벼라."

반면 천마는 좀 더 강한 고수와의 대결을 원했다.

북호투황의 팔에 담긴 양강지기 덕분에 만족스러울 정도는 아니더라도 내공의 일부를 회복할 수 있었다.

실전이야말로 다시 전투 감각을 살리는 데 큰 도움이 된다.

"어쩔 수 없구려, 삼 공자."

육필흠 역시 자의도 있었지만 가주의 명이었기에 어차피 해결해야 할 일이었다.

육필흠은 소림의 파계승 출신으로 용조수의 고수였다.

평생을 살생을 위한 용조수만을 익혔기에 그 무공 실력은 쉽게 얕볼 수 없는 자였다.

"호오? 용조수라. 정말 오랜만이로군."

천마는 용조수의 자세를 취하는 육필흠을 보며 과거를 떠올렸다.

소림의 무공들은 정종 계열 중에서도 항마(抗魔) 속성이 강했기에 마기를 사용하는 이들에게 있어서 천적과도 같았다.

'용조수라는 걸 어떻게 안 거지?'

육필흠은 삼 공자의 말에 내심 당황스러웠다.

무림 경력이 긴 고수들도 아니고, 고작 약관을 넘어선 삼 공자가 용조수를 알아본 것이다.

정파인들이 아니고는 사파 무림인들 중에서 용조수를 쉽게 알아보는 이들이 없었다.

"삼 공자에겐 세가 사람들이 모르는 비밀이 있는 것 같구려! 하압!"

육필흠이 먼저 선공을 날렸다.

용조수의 파쇄결(破碎抉)이라는 초식으로 가장 살상력이 높은 조법이었다.

가슴을 파고들어 심장을 노리는 수였다.

파곽!

"이럴 수가!"

그러나 육필흠의 조법은 천마의 소름 끼치는 검은 팔에 의해 막혀졌다.

초식의 정수를 파악하지 않고는 불가능한 일이었다.

"살심이 가득한 용조수는 처음인데."

흥미롭다는 듯이 말하는 천마의 태도는 여유롭기 그지없었다.

초식이 쉽게 막히자 당황한 육필흠이 초식을 바꾸어 천마를 공격했지만 마찬가지로 천마는 가만히 서서 한 팔로 그의 공격을 가볍게 막아냈다.

'이런 괴물 같은 놈이 있단 말인가!'

육필흠은 당황스럽다 못해 초조하기까지 했다.

지켜보는 무사들 역시도 마치 어른과 아이의 대결을 보는 것처럼 느껴질 정도였다.

초식에서 전혀 상대가 되지 않자 육필흠은 승부수를 던졌다.

'네놈이 아무리 초식을 막아냈어도 내력만큼은 어쩔 수 없을 것이다!'

삼 공자는 단전이 부서졌었다.

어떻게 회복했는지는 모르겠으나, 짧은 시간 안에 내공을 쌓지는 못했을 것이다.

육필흠은 십 성의 내공을 끌어 올려 천마에게 내공 대결을 유도했다.

"이것을 막아보시오! 하압!"

"호오."

하지만 천마는 내공 대결을 유도하려는 육필흠의 의도를 간파했다.

육필흠의 판단은 보통 때라면 옳다고 볼 수 있었다.

하지만.

탁!

천마와 손이 맞닿은 순간 육필흠의 동공이 흔들렸다.

십성의 내력을 쏟아부었는데, 천마는 전혀 힘든 내색조차 보이지 않았다.

오히려 초식 대결을 할 때처럼 여유롭기까지 했다.

"내공으로 밀어붙이면 이길 것 같았느냐?"

"아닛?"

천마가 서 있는 마룻바닥에 균열이 일어났다.

놀랍게도 천마는 육필흠이 끌어 올린 십 성의 내력을 발을 통해 바닥으로 흘려보내고 있었다.

육필흠의 입장에서는 내공을 낭비한 꼴이었다.

'내공을 어떻게?'

사람마다 내공의 성질이 다르다.

그렇기에 직접적인 내공 대결에서 흘려보낸다는 것은 불가능에 가까운 일이었다.

이것은 천 년 동안 선인의 수양을 해온 천마의 또 다른 능력이었다.

무위(無爲)의 도리로 억지로 무리하지 않고 상대의 내력을 흘려보내는 것이었다.

"더 이상 겨루는 것이 무의미하구나."

"으으으."

"꺼져라."

천마는 그 말과 함께 맞부딪치던 손을 떼어 육필흠의 가슴에 일 장을 날렸다.

내공의 소비가 심했던 육필흠은 천마의 일 장을 막을 여력조차 없었다.

퍽!

"푸웃!"

육필흠은 피를 뿜으며 뒤로 날아가 넘어졌다.

당황한 세가의 무사들이 달려가 그를 부축했다.

외채 방에서 고개를 빠끔히 내밀며 조마조마하게 상황을 지켜보던 사타는 감탄을 금치 못하고 있었다.

'허어, 세가의 무사들이 도리어 저놈의 눈치를 보는구나.'

장로가 당하는 것까지 보고 나자 가주의 명을 받고 달려왔던 무사들은 꼼짝을 못 하고 있었다. 어찌해야 할지 서로 눈치만 보는 상황이었다.

바로 그때였다.

외채로 세가의 가주인 사마염을 비롯한 가신들이 우르르 몰려왔다.

그 뒤로 검문의 설유라와 문율이 뒤따라왔다.

사마염은 눈앞에 벌어진 상황을 보며 당황스러움을 금치 못했다.

"이게 대체 어찌 된 일이냐!"

"쿨럭! 주, 주공!"

무사의 부축을 받고 있던 육필흠은 내상으로 인해 피가 섞인 기침을 하며 고개를 들지 못했다. 삼 공자가 펼친 놀라운 신위에 당했지만 정황상 부끄럽기 그지없었다.

그 모습을 본 사마염은 상당히 충격을 받았다.

'저 녀석이 정말 내 아들이란 말인가.'

쌍둥이 아들에게 당해서 폐인이 된 후로, 괴의 사타에게 치료를 부탁했지만 정작 얼굴을 대면한 것은 오랜만이었다.

일대 종사를 앞에 두고 있는 것처럼 패도적이고 오만한 얼굴로 주위를 좌시하는 모습은 예전의 사마영천을 떠올리기가 힘들었다.

[놀랍군요. 고작 약관에 불과해 보이는데 이런 기세라니.]

검하칠위의 한 명인 문율 역시도 천마가 내뿜는 기세에 놀랐는지 전음으로 감탄했다.

어지간한 고수가 아니고는 인정을 하지 않는 문율이었다.

그런 그의 반응에 설유라의 눈엔 흥미가 감돌았다.

저와 비슷한 나이인데도 날카로운 기세를 풍기는 천마에게서 호승심이 생긴 것이었다.

[사마세가에서 인재를 기대하지 못할 거라 생각했는데 저자를 요구해도 될 것 같습니다.]

[그렇다면 한번 시험해 봐도 되겠군요.]

[네? 아가씨, 설마?]

문율이 제지하려 했으나, 이미 설유라가 사마염의 앞으로 나섰다.

그녀가 포권을 취하며 말했다.

"사마 가주, 잠시 실례하겠어요."

"뭐요?"

사마염이 뭐라고 답변하기도 전에 설유라의 신형이 번개처럼 앞으로 튀어 나갔다.

장로 육필흠과는 비교도 할 수 없는 출수였다.

갑작스럽게 날아오는 설유라의 검초식에 천마의 동공이 커졌다.

"유성검법?"

그것은 바로 검선의 유성검법의 검초식이었다.

이렇게 빨리 검문의 사람과 만나게 될 것이라고는 예상하지 못한 그였다.

아무리 천마라고 해도 검선의 유성검법은 만만하게 볼 수 없었다.

획!

갑작스러운 검초에 천마는 일단 보법을 펼쳐 뒤로 몸을 피했다.

어지간한 초식들이라면 그 자리에서 피하는 그였지만 검선의 유성검법은 달랐다.

그 검법은 오직 천마, 자신을 상대하기 위해 만들어졌다.

휘리리릭!

천마가 뒤로 물러나 첫 초식을 피했지만 유성검법의 초식들이 끊임없이 이어지며 집요하게 천마의 요혈들을 노렸다.

여성이 펼치는 것이라 그런지 검선이 펼치는 것과는 사뭇 다른 유성검법이었다.

'굉장히 쾌속하군.'

검선의 유성검법은 쾌(快)보다는 강(强)을 추구한다.

유성검법으로 펼쳐지는 쾌검을 처음 겪는 천마였기에 섣불리 대응하기보다는 피하면서 초식을 살펴보고 있었다.

'이자… 내 초식을 전부 피하고 있어.'

기습적으로 첫 검초를 펼쳤을 때를 제외하고 천마는 거의 제자리에서 초식을 피해내고 있었다. 쾌검에 가까운 검초가 무색할 정도였다.

"초식이 엄청 빨라 눈이 어지러울 정도야. 검황의 여제자의 실력이 이 정도라니!"

"그보다 삼 공자가 저런 쾌검을 전부 피하고 있어! 얼마 전까지만 하더라도 폐인이던 사람이 어찌 이게 가능하단 말인가!"

지켜보는 세가의 무사들과 가신들이 놀라서 입을 다물지 못했다.

말로만 들었던 검황의 여제자의 검술 실력도 놀라웠지만 그 것을 전부 피하는 사마영천 역시도 정말 대단하게 느껴졌다.

일류 무사에도 미치지 못하는 자들이 바라보는 측면은 그렇다.

하지만 문율 같은 고수의 눈에는 다른 것이 보였다.

'초식을 막는 것도 아니고 전부 피하다니? 그것은 상대의 초식을 알아도 힘든 일이 아닌가.'

막는 것보다도 어려운 게 피하는 것이다.

검문의 유성검법은 무림에서도 다섯 손가락에 꼽히는 절세 검법이다.

그런 유성검법의 초식을 저렇게 간단히 피할 정도라면 상대 는 상상을 초월하는 괴물이라고 할 수밖에 없었다.

픽!

설유라의 검이 일순간 천마의 뺨을 스쳤다.

그의 뺨에서 피가 흘러나왔다.

아무리 천마라고 해도 유성검법의 전 초식을 피하는 것은 무리였다.

'젠장, 괜한 호기심에 생채기만 났군.'

쾌검으로 펼치는 유성검법에 호기심을 가졌다가 상처만 나고 말았다.

삼 공자의 뺨에 상처가 나자 설유라는 더욱 전의가 불타올라 검초의 속도를 올렸다.

"흥!"

쾅!

천마가 마루를 향해 진각을 밟자, 마룻바닥이 갈라지며 판목이 방패처럼 위로 솟구쳤다.

'진각만으로 판목들을 띄우다니?'

방패처럼 튀어나온 판목들을 보며 설유라는 검에 내공을 실었다.

그녀의 검에서 새하얀 빛이 반짝였다.

"검기다!"

세가의 무사들이 외쳤다.

그녀의 검에 검기(劍氣)가 실리자 방패처럼 앞을 가로막던 판목들이 종이 잘리듯 베어졌다.

'검문이라고 해도 어린 계집인데 제법이군.'

선명한 검기를 다룰 정도라면 절정의 고수라는 의미였다.

판목들이 허공에 흩날리고 있어 잘 보이진 않지만 얼핏 보아도 약관 정도에 불과한 여자였다. 그녀가 침착하게 검기를 펼치며 대응하자 천마는 내심 감탄했다.

과연 검문의 제자라는 생각이 들었다.

'이것도 막아봐라!'

천마가 양팔을 회전시켜 교차하자 장결이 일어나며 잘린 판목 조각들이 허공에서 회오리를 쳤다.

부드러운 장결에 실린 판목들이 시야를 어지럽히며 앞을 가렸다.

설유라가 고운 미간을 찡그리며 당황해했다.

'나와 같은 연배라 들었는데, 이자는 기로써 사물을 다루는 것에 너무 익숙하다. 마치 백전노장의 고수라도 상대하는 것 같군.'

장법에도 초식이 있다.

초식을 펼치기 위해서는 내공의 운용이 중요하다.

그런데 이자는 단순히 초식을 있는 그대로 펼치는 것뿐만이 아니라, 적재적소에 맞게 쓰고 있었다. 더군다나 장법에 일어나는 기의 결을 이런 식으로 운용한다는 것이 놀라울 정도였다.

'어떻게 대응할 테냐? 검문의 아이야.'

그런 기대에 부응하듯 설유라가 삼 보 뒤로 물러서더니 용수철처럼 튀어 와 탄력이 실린 검초를 펼쳤다.

"유성검법, 천변만화(千變滿花)!"

설유라의 검이 교묘하게 허공의 회오리 사이를 헤엄치며 판목들을 찔러 들어갔다.

탄력이 실린 검초에 닿은 판목들이 잘게 잘려 나가며 튕겨졌다.

'천변만화? 유성검법에 이런 초식도 있었나?'

처음 보는 초식이었다.

천마가 아는 유성검법에는 섬세한 변화를 가미한 초식은 없었다.

한데 검의(劍意)는 분명 유성검법의 정수가 담겨 있었다.

'그렇다는 건 새롭게 창시된 초식이라는 건데.'

검선과는 끝없는 호적수로 대결을 펼쳤던 천마였기에 검선의 초식을 누구보다 잘 알고 있었다.

검선의 유성검법의 초식들은 전부 천마의 별리검법(別離劍法)을 상대하기 위한 초식이었다.

"홍!"

천마가 장법에 변화를 주었다.

장결의 회전이 역으로 몰아치자 회오리 사이를 유유히 헤치던 검초가 흔들렸다.

그 순간을 천마는 놓치지 않았다.

천마가 내력을 높이자 설유라의 손에서 그녀의 검이 벗어나 공중으로 부웅 떴다.

"제법이지만 유성검법의 검의에 어긋난 초식으로는 날 상대할 순 없다."

'이자, 유성검법을 알고 있어?'

천마의 말에 설유라의 무심하면서도 차가운 얼굴이 일순간 흐트러졌다.

탁!

그런 그녀의 검을 천마가 손을 뻗어 낚아챘다.

설유라의 하얗고 가녀린 목에 그녀의 검이 닿았다.

상대가 조금만 힘을 주면 바로 꿰뚫을 수 있는 위치였다.

"이젠 네 검이 내 손에 있군."

검객이 자신의 검을 뺏긴다는 것은 치욕스러운 일이라고 할 수 있었다.

감정에 변화가 없을 것만 같은 설유라의 얼굴이 붉게 상기되었다.

"얼굴이 빨개지는 게 부끄러운 줄은 아는군, 검문의 제자여."

"다, 당신!"

검문이라면 치가 떨리는 천마였지만 절세가인과도 같은 설유라의 얼굴을 대면하자 일순간 손의 움직임이 멈췄다.

"찌르세요. 지금 그런 식으로 말하는 건 절 모욕하는 겁니다."

설유라의 입장에서는 검문의 제자로서 무공으로 명성조차 없는 사마세가의 무명의 청년에게 제압당한 것이었다. 그 치욕감은 이루 말할 수 없었다.

더군다나 사부인 검황이 직접 하사한 검까지 뺏겼다.

"무인을 행세하는 거냐?"

천마가 비웃음이 섞인 목소리로 그녀를 놀리듯이 말했다.

무인으로서 자존심이 강한 그녀였기에 그 말에 기분이 상했는지 눈을 흘기며 말했다.

"당신, 정말 무례하군요."

"기습적으로 공격한 건 괜찮고?"

"아… 그건……."

설유라의 얼굴이 상기되다 못해 귀까지 빨개졌다.

무인으로서 자존심을 논하기 전에 분명 기습적으로 초식을 날린 건 본인이었다.

호승심을 이기지 못하고 저지른 행동이었다.

"그, 그건… 정말 미안하니까 놀리지 말고 빨리 찔러요!"

얼버무리다시피 얼른 사과를 하고는 다시 찌르라고 종용하는 설유라의 모순된 말에 천마는 순간 말문이 막혀 버렸다.

'검문의 제자치고는 재미있군.'

미안하다면서 찌르라고 하는 말이 자못 재미있게 느껴진 천마였다.

하지만 이내 냉염해진 눈빛으로 말했다.

"본인이 원한다니 그러도록 하지."

잠시 흥미를 느꼈다고는 하나 천마는 아름다운 여자라고 해서 자비를 베푸는 성격의 소유자도 아니었다.

더군다나 상대는 본인이 멸문시키기로 작심한 검문의 제자였다.

어차피 죽여야 할 상대인 것이다.

천마가 그녀를 죽이기로 마음먹자 그의 검 끝에서 흉흉한 살기가 피어올랐다.

어지간한 무인들도 죽기 직전의 순간에는 추한 모습을 보이게 마련인데 설유라는 입술을 꽉 깨물기만 할 뿐 이 상황을 받아들이고 있었다.

'제법… 이군.'

"무인으로 인정하마, 검문의 여제자여."

무인으로 인정한다는 천마의 말에 일촉즉발의 상황이었음에도 불구하고 설유라는 묘한 표정을 지었다.

"잠깐!"

천마가 검을 찌르려고 하는 순간이었다.

누군가의 외침과 함께 그를 향해 날카로운 암기로 보이는 것들이 날아왔다.

챙챙!

천마는 재빨리 검으로 그것을 막아냈다.

그러나 암기가 끝이 아니었다.

어느새 문율이 재빠른 경공으로 거리를 좁히더니 천마를
향해 섭선을 휘둘렀다.

천마도 섭선을 향해 검을 휘둘렀는데 쉽게 부서질 것만 같
은 섭선에서 쇠 부딪치는 소리가 났다.

'무기였군.'

섭선은 한철로 만들어진 무기였다.

천 년 전에는 섭선과 같은 부채를 무기로 삼은 자를 본 적
이 없기에 흥미로웠다.

그런 찰나에 문율의 왼팔 소매에서 쇠사슬이 튀어나오더니
천마의 검을 옭아맸다.

"이건 아가씨의 검이니 도로 가져가겠네, 사마 공자."

문율이 빙긋 웃더니, 쇠사슬을 잡아당겼다.

분명 버틸 것이라 여겼는데, 의외로 검을 잡은 손을 그대로
놓아버리는 천마였다.

이것을 빌미로 내력을 확인해 보려 했던 문율은 아쉬운지
입맛을 다셨다.

"어차피 내 검은 아니니까."

"감사하오, 사마 공자."

"한데, 암기를 던진 것에 관해서는 대가를 치러야지."

"엇?"

천마의 일 장이 순식간에 문율의 가슴을 파고들었다.

갑작스러운 일 장에 당할 것 같았지만 무율은 재빨리 동시에 일 장을 펼쳤다.

손과 손이 맞부딪치는 순간.

파팍!

천마와 문율이 동시에 뒤로 튕겨져 나갔다.

두 사람의 일 장의 접점이 맞닿는 순간, 파장 역시도 상당했다.

가까이에 있던 설유라 역시도 공력과 공력이 부딪치면서 생겨난 파장에 뒤로 밀려났다.

'이 녀석, 괴물이로구나. 고작 약관의 나이에 이런 공력을!'

본의 아니게 공력을 가늠하게 된 문율은 내심 경악을 했다.

분명 듣기로는 폐인이 되었다고 들었었는데, 일 갑자를 훨씬 상회하는 공력을 지니고 있었다.

마찬가지로 천마 역시도 내색은 하지 않았지만 눈빛이 달라져 있었다.

'화경?'

문율과 일 장을 겨룬 순간, 천마 역시도 그의 실력을 파악했다.

그 짧은 순간에 내력의 운기가 원활하게 이뤄졌다는 것은 화경의 경지만이 가능했다.

검문의 그늘 아래 있지만 한 사람 한 사람이 각 문파의 장문인급이라 불리는 검하칠위의 일인답게 문율은 화경의 경지에 오른 고수였다.

'아직 화경을 상대하긴 이르다.'

천마의 안색이 어두워졌다.

검문의 아래에 있는 자로 보였는데, 화경의 경지에 오른 고수였다.

아직 원래의 경지에 미치지 못하는 상태에서 당장에 화경의 고수와 일전을 치르는 것은 목숨을 걸어야 하는 상황이었다.

'고작 하수인에 불과한 자가 화경이라. 쉽지 않겠어.'

당장의 상황도 그렇지만 앞으로도 쉽지 않겠다는 생각이 드는 천마였다.

그런 그의 생각을 아는지 모르는지, 문율 역시도 적잖게 놀랐다.

'아직 화경의 경지는 아닌 것 같은데 내력의 운기를 이렇게 자유롭게 다룰 수 있다니 놀랍구나. 흔히 말하는 천재라는 것인가.'

육신이 비록 화경에 오르진 않았지만 원영신은 선인의 수련을 닦은 천마였다.

그것을 모르는 문율로서는 오해할 수밖에 없었다.

그런 문율에게 설유라가 기분 나쁘다는 투로 전음을 보냈다.

[쓸데없는 짓을 했군요.]

덕분에 목숨을 부지하기는 했지만 그녀는 무사로서의 수치심을 받고 싶진 않았다.

이런 그녀의 완고한 성격을 잘 알기에 문율이 중간에 개입한 것이었다.

[아가씨의 목숨은 아가씨만의 것이 아닙니다.]

[아아.]

[아가씨께서 사고라도 당한다면 이곳 사마세가는 무조건 멸문입니다. 높은 직위에 있는 만큼 가벼이 생각하지 말아주십시오.]

[…제가 생각이 짧았군요. 죄송합니다.]

그에 관한 것을 미처 생각하지 못했던 그녀였기에 설유라는 쉽게 자신의 실수를 인정했다.

그동안 검문의 위세로 인해 설유라에게 함부로 덤비는 자는 없었다.

문율의 말대로 섣불리 그녀를 공격해 위해를 가했다가는 멸문지화를 당할지도 모른다는 경각심 때문이었다.

'내가 검문인 걸 알면서도 일말의 망설임조차 없었어.'

여전히 흉흉한 살기를 내뿜으며 자신들을 바라보는 사마

공자였다.

그런 그를 보며 설유라는 왠지 모르게 묘한 기분이 샘솟았다.

문율은 설유라에게 그녀의 검을 넘겼다.

[아무튼 삼 공자라 했던가, 정말 대단하군요. 이 정도 실력이라면 또래에서는 거의 손에 꼽을 정도입니다.]

[…강하군요. 문 대협께서 인정할 정도라면.]

설유라는 검을 받아 들면서 천마를 뚫어지게 바라보고 있었다.

그런 그녀를 보면서 문율이 흐뭇한 미소를 지었다.

'아가씨께 좋은 자극이 되겠군, 후후후.'

그런데 뭔가 이상했다.

호승심이 가득한 눈빛이라기보다는 검문의 얼음 공주라 불리는 그녀의 얼굴이 살짝 상기된 느낌이랄까.

그런 그녀에게 문율이 인상을 찡그리며 다시 전음을 보냈다.

[으음… 아가씨?]

[…네, 네?]

'아아……'

문율이 난감한 표정을 지었다.

현 무림의 최강의 문파이자 검황의 유일한 여제자인 설유라였다.

그런 그녀가 누군가에게 호감을 드러내는 것을 다른 문제였다.

무림을 살아가는 여자라면 자신보다 강한 남자에게 남성미를 느낄 수는 있었다.

'부디 그저 호감으로 끝내길.'

다만 상대는 사파에서도 배신자라 불리는 사마세가의 사람이었다.

사파에 관한 정보 때문에 받아주기는 했지만 믿을 만한 족속은 아니었다.

'호위를 하는 것도 가끔 보모가 되는 기분이군.'

검황에게 잔소리를 듣는 것은 심히 괴로운 일이었다.

검하칠위 중에서 유일하게 호위 무사의 일을 겸하는 문율이었다.

"잠시 멈춰주시오!"

묘한 대치 상황이 벌어졌을 때.

괴의 사타가 방 안에 나와 소리쳤다.

'외눈? 설마 괴의 사타?'

'사타 선생?'

갑작스러운 그의 등장에 좌중의 시선이 그에게로 집중되었다.

천마에게는 매번 망할 늙은이로 전락하는 그였지만 무림에서 그가 미치는 영향력은 상당했다. 그렇기에 사마세가의 가주인 사마염 역시도 당혹스러워했다.

'괴의께서도 있었다니.'

막 세가에 왔는지라 미처 외채에 사타가 있었다는 사실조차 몰랐던 그였다.

문율 역시도 사타의 등장에 상당히 놀라워하며 포권을 하고 예를 취했다.

"사타 선생께서 이곳에 있는 줄 몰랐소이다."

"켈켈, 오랜만이구려, 문 대협."

사타는 사파에서 명성을 날리는 의원이었지만 정파의 약선과 더불어 중원 이대 의원이었다.

그런 만큼 무림에서의 사타의 인맥은 생각보다 넓었다.

과거에 인연이 있었던 문율을 발견했기에 얼른 기회다 싶어 사태를 수습하려고 나선 것이었다.

"사마세가의 셋째 공자를 치료한 것은 역시 사타 선생이셨소. 과연 최고의 의원답구려."

"켈켈켈, 의원으로 할 일을 한 것이외다. 아무튼 고맙소이다."

문율의 칭찬에 사타가 머리를 긁적이며 방글거리는 얼굴로 천마를 힐끔 쳐다봤다.

마치 그의 표정이 '나 이런 사람이다' 하며 알아달라는 듯
했다.

이에 천마는 고개를 휙, 하고 돌리며 탐탁지 않아 했다.

"사타께서도 계셨군요."

"사마 가주의 부탁을 받고 하는 치료였으니 마무리는 지어
야 하지 않겠소."

사타의 말에 사마염이 씁쓸한 표정을 지었다.

유 부인과 쌍둥이 공자의 소식으로 인해 솟구쳤던 분노를
애써 누르고 있었다.

세가 내부의 일을 더 들췄다가는 공공연하게 외부로 소문
이 퍼져 나갈지도 모른다는 염려마저 들었다.

"사마 가주께 이 노부가 부탁하고 싶은 것이 있소이다, 켈
켈."

"의가의 명숙이신 사타 어른께서 부탁하시는데 어찌 들어
드리지 않겠습니까."

사마염은 행실이 나쁜 것과 별개로 대처 능력이 뛰어난 자
였다.

현재로서 특별히 선택권이 없다는 것을 잘 알기에 오히려
사타에게 선심을 쓰듯이 말했다.

"아직 삼 공자의 치료가 완벽하게 끝나지 않았소이다."

"그… 렇습니까?"

치료를 끝내지 않은 것치고는 가히 놀라운 광경을 목격했다.

검황의 여제자를 이 초식 만에 제압하지를 않나.

검하칠위의 일인인 문율과 잠깐이었지만 일수를 나눌 정도의 기량마저 보였다.

'저 녀석이 정말 내 아들인가도 의심이 된다.'

평소에도 의심이 많은 사마염이었다.

세가 내에 파다했던 사마영천의 미쳤다는 소식을 접했지만 과연 미친 것만으로 사람이 저렇게까지 변하는 게 가능한지 의아할 따름이었다.

"그렇지 않아도 가모를 비롯해 공자들 역시 위중해 보였는데, 일을 이쯤에서 더 키우지 않았으면 하오, 켈켈."

'아!'

당장의 세가의 입장만을 고려했던 사마염이었다.

지금 사타가 의도한 것은 현재의 사태를 덮어둔다면 가모를 비롯해 쌍둥이 공자를 치료하도록 돕겠다는 말이었다.

"흠."

사마염의 머리가 복잡하게 돌아갔다.

사타는 사마영천을 통해 신기에 가까운 그 의술 실력을 증명해 보였다.

비록 혼외 자식인 셋째 녀석이 몹쓸 짓을 했다고 하나, 사타 정도의 의원이라면 분명 해독을 비롯해 잘린 팔을 접합하는 것이 가능할 것이다.

'더군다나 의도한 것은 아니지만 세가의 혈통에 뛰어난 인재가 있다고 대외적으로 알린 셈이니 전혀 손해 볼 것은 없구나.'

생각이 거기에까지 미치니 어느새 치솟았던 분노가 차분히 가라앉았다.

오히려 기분이 좋아지기까지 하였다.

"사타께서 그리 말씀하시니 이쯤에서 정리를 해야겠군요."

사마염이 손을 들어 올리자, 외채를 둘러싸고 있던 무사들이 일제히 검을 집어넣고 일사불란하게 물러났다.

언제 그랬냐는 듯이 사마염의 얼굴에는 미소마저 띠고 있었다.

"켈켈, 배려 고맙네."

"별말씀을, 하하하핫."

고맙다고 말을 했지만 사타의 속내는 사마염을 비웃었다.

빠른 감정 변화를 보여주는 사마염의 이해타산적인 면은 사파 출신의 전형적인 모습이기도 했다.

비록 사타 역시도 사파의 의원이었지만 사마염이 썩 달갑지 않았다.

뜻밖의 화경에 이른 고수의 개입으로 인해 난감해했던 천마였다.

사타가 무슨 연유에서 사태를 진정시켰는지 짐작할 수 있었다.

'늙은이가 쓸데없는 짓은.'

천마는 누구보다도 자존심이 강하다.

하지만 그는 무서울 정도로 생각이 깊고 냉정하다.

은인자중(隱忍自重)이라는 말과 어울리지 않았지만 참아야 하는 순간은 알았다.

천마는 이내 관심이 떨어졌다는 듯 일말의 미련도 없이 뒤를 돌아 방으로 들어가 버렸다.

그 덕에 좌중을 사로잡던 흉흉한 살기가 순식간에 수그러들었다.

'어리석은 짓은 하지 않는구나. 켈켈, 다행이로군.'

사타는 그런 천마를 바라보며 안도했다.

꽃이 피기 전에 지는 꼴은 보고 싶지 않았다.

천마의 무위에 놀라기는 했지만 검문이라는 전체에 비한다면 아직은 태양 빛에 맞서는 반딧불과도 같았다.

'아직 저놈을 제대로 알지 못했어.'

물론 이런 사심도 작용했기에 나선 것이기도 했다.

반면 방으로 들어가 버린 천마를 바라보며 문율은 전혀 다른 생각을 하고 있었다.

'제대로 성장한다면 정말 위험할 수도 있겠어.'

무섭다는 생각마저 들었다.

현 무림은 검문의 천하였지만 어쩌면 후일엔 번거로운 적이 될지도 모른다고 여겨졌다.

부디 기우였기를 바랄 뿐이었다.


＊　　　　＊　　　　＊


화려한 석찬(夕餐) 접대가 끝난 후, 사마세가의 회의실.

세가의 가주인 사마염의 감정 기복은 오늘만큼 심한 적도 없었다.

사마염은 상당히 곤란하다는 표정으로 설유라를 바라보고 있었다.

"하아, 이것 참… 난감하게 만드시는군요, 검황의 제자께서는."

"아시겠지만 며칠 전, 맹에서의 '그 일'을 기억하실 겁니다."

"그 일은… 정말 놀랄 만한 일이었지요."

"저희 스승님께서는 그 일을 계기로 지금이 완전한 무림일통의 시기로 여기십니다."

무림일통(武林一統).

무림을 하나로 통일하겠다는 말이었다.

지금까지 검문이 무림사(武林史)에 남긴 것은 실로 대단하다고 할 수 있었다.

정파의 일맹화를 비롯해 사파 무림맹 정벌, 마교와의 일전을 통해 봉문 선언마저 받아들였다. 무림의 역사상 처음으로 삼대 세력의 균형을 무너뜨린 것이었다.

'하아… 검황, 진정으로 그럴 작정인가. 괴물 같은 노인네.'

무림을 거의 정벌했다고 할 수 있었으나, 그런 검문조차 아직 건들지 못한 남은 세력이 있었다.

사마염은 자신도 모르게 한숨을 내쉬었다.

이에 문율이 미소를 지었다.

사마염의 심경을 충분히 이해하기 때문이었다.

"당연히 망설여지는 것이 당연합니다."

위로라도 하는 것처럼 말하는 문율을 바라보며 사마염이 신경 써줘서 고맙다는 말과 함께 마지못해 미소를 지었지만 속으로는 수많은 욕을 내뱉고 있었다.

'빌어먹을! 그렇게 욕을 처먹어가며 정파로 전향했더니 이젠 각파의 후계자들을 징집하겠다니. 무림 내에서 나라라도 만들 작정이냐.'

무림맹의 징집령(徵集令).

사마염이 이렇게 화를 내는 것에는 이런 연유가 있었다.

국가에서나 할 법한 징집령을 무림맹에서 내린 것이었다.

그것도 각 파의 후계자들을 징집해서 또 다른 전쟁에 동원하겠다는 말이었다.

사마세가의 가신들 역시도 설유라의 입에서 이러한 말이 나오자, 차마 내색은 하지 못했지만 전음으로 서로 난리들도 아니었다.

[말이 징집령이 아니오.]

[허어, 그러게 말일세.]

[결국 볼모로 이용하겠다는 거지.]

[볼모만으로 끝날 일이 아니네. 후계자들을 전부 징집한다는 것은, 크흠.]

가신들이 바보가 아닌 이상 검문의 의도를 알아챘다.

후계자들을 징집하여 자신들의 전력을 아끼면서 또 다른 전쟁을 일으키겠다는 치밀한 계략이었다.

단기적으로는 볼모로 이용할 수도 있었고, 장기적으로 보았을 때 각 문파의 후대의 힘을 약화시킬 수 있는 방책이었다.

'전음들을 하느라 정신들이 없군, 후후.'

전음을 엿들을 수는 없으나, 화경에 이른 문율이었기에 전음으로 생기는 미세한 파동 정도는 읽어낼 수 있었다.

'하나 어쩔 수 없이 따라야 할 것이오, 사마세가 여러분.'

실컷 전음을 해도 어쩔 수 없는 일이었다.

칼을 쥐고 있는 것은 어디까지나 검문이었기 때문이다.

더군다나 각 무림 방파로 검문의 제자들이 직접 돌아다니는 것은 일의 진행을 확실하게 하기 위해서였다.

"하나 부끄럽지만 알다시피 지금 내 아들들이 전부 부상을 입었습니다. 그런 상황에서 징집된다는 것은……."

"그렇기 때문에 저희가 온 것입니다."

설유라가 의미심장한 목소리로 말했다.

검문의 얼음 공주라는 별명답게 차가운 얼굴로 일관하고 있었다.

사마염이 의아하게 쳐다보자 그녀가 말을 이었다.

"후계자라고 얘기는 했지만 저희가 원하는 것은 후계들 중에서 가장 쓸 만한 자입니다."

그녀의 말에 사마염의 표정은 묘하게 바뀌었고, 가신들의 딱딱하게 굳어 있던 얼굴에 생기가 돌기 시작했다.

'역시 단순한 작자들이군.'

서로의 익(益)이 맞았기 때문이었다.

후계자라고 해서 사마갈을 생각했던 그들이었다.

하지만 쓸 만한 자를 원한다고 하니, 동시에 같은 생각을 한 것이었다.

[오오, 잘되었소이다.]

육필흠이 기쁜 목소리로 전음을 보냈다.

회의를 하는 내내 제일 마음에 걸려 했던 사항이 있었다.

그건 바로 삼 공자, 사마영천에 관한 일이었다.

[내색은 하지 마시오, 육 장로.]

[알고 있소이다. 하지만 가주도 내심 고민 중일 것이오.]

그들은 오후에 벌어졌던 광경을 두 눈으로 똑똑히 목격했었다.

사마영천의 무위는 가히 놀라웠다.

엄밀히 얘기한다면 장로들조차 감당하기 힘들 정도라고 할 수 있었다.

그렇기에 가신들의 입장에서는 사마영천은 정통성을 가지고 있는 사마갈에게 있어서 최악의 변수였다.

[이참에 자연스럽게 사마영천을 해결할 수 있겠소, 흐흐흐.]

내색을 하지 않으려 했으나, 기분이 좋아지는 것은 어쩔 수가 없었다.

은근히 기뻐하는 가신들과 달리 사마염은 고민이 되었다.

'하아, 내 대에서 그 정도 무위를 가진 혈통이 나올 수 있을까?'

물론 정실인 유 부인에게서 나온 자식들은 너무나 소중했다. 그러나 사마염에게 있어서 셋째인 사마영천의 의미는 남달랐다.

자신의 대에 와서 약화된 사마세가를 다시 무림의 세가로서 영광을 되찾을 수 있게 하지 않을까 하는 생각이 들었다.

"단도직입적으로 말하지요. 사마세가의 셋째 공자를 원합니다."

"흐음."

단도직입적인 설유라의 요구에 사마염이 신음성을 흘렸다.

이것이 의미하는 바는 컸다.

애초에 선택권이 없다는 것을 강조하는 말이었다.

옆에 있는 문율이 흡족한 표정으로 설유라를 지켜보고 있었다.

'젠장, 검황의 제자라는 벼슬을 잘도 가지고 노는군.'

검황의 제자를 보낸 것도 모자라, 검하칠위를 동행시켰다는 것부터가 이상하다고 여겼다.

이는 사마세가를 비롯한 각 문파들을 강압적으로 누르기 위함이었다.

결국 사마염은 그런 강압에 수긍할 수밖에 없었다.

"하나만 물어봐도 되겠습니까?"

"제가 대답할 수 있는 선이라면."

"정말로 '그곳들'마저 함락시킬 수 있다고 생각하오?"

사마염이 지칭하는 '그곳들'은 무림의 어느 누구도 넘보지 못한 영역이었다.

그곳을 정벌하겠다는 것은 무림일통의 끝을 보겠다는 말이었다.

솔직한 심정으로 사마염은 불가능이라고 여겼다.

"삼대 세력의 균형도 깨뜨렸습니다. 못할 것도 없다고 봅니다만."

설유라의 단호한 말에 사마염은 깊은 한숨을 내쉴 수밖에 없었다.

'정말 중원을 일통할 생각이구나. 얼마큼 피를 봐야 직성이 풀리는 건가. 검황, 이 괴물 같은 늙은이!'

14장

악보(惡報)

'흠.'

천마는 자신의 검은 팔을 바라보면서 여러 생각에 잠겼다.

검은 팔은 천마에게 기연을 가져다주었다.

그것은 오황의 일인인 북호투황의 독문신공과 관련이 있을 것이라 여겼다.

'역시 세상은 넓군. 이런 식으로 내공을 응집할 수 있다니.'

천마는 진심으로 감탄했다.

천 년이라는 세월 동안 무림이 장족의 발전을 했다는 것을 느꼈다.

검은 팔을 통한 운기 개통의 흐름을 본다면 이것은 마치 단전과는 별개로 팔에 기를 응집하고 있었다.

팍!

일권을 내지르자 검은 팔에서 강렬한 풍압이 일어났다.

방 전체에 파동이 퍼져 나갈 정도였다.

자신이 의도한 것 이상으로 힘이 발생하자 천마는 마음에 들지 않는지 인상을 썼다.

'적응되려면 시간이 걸리겠어.'

아무리 좋은 무기라고 하더라도 제어되지 않는다면 위험했다.

하지만 천마는 금방 익숙할 자신이 있었다.

"켈켈, 팔은 마음에 드는가?"

"나쁘지 않군."

천마의 말 한마디에 사타는 기분이 좋아졌는지 방글방글 웃어댔다.

단순히 팔만 이식한 것이었다면 애초에 생각대로 사타를 없앨 생각이었다.

그러나 보물 같은 팔을 얻고 나니, 오히려 빚을 진 느낌을 받았다.

"말해라."

"무엇을 말인가? 켈켈."

"이 팔, 대체 어떻게 얻은 거지?"

아무리 사파 최고의 의원이라고 할지라도 북호투황의 팔을 우연히 갖고 있을 리는 만무했다. 분명 본인만이 알고 있는 어떠한 사연이 있을 것이다.

"아니, 자네조차도 비밀을 알려주지 않는데 이 노부가 그것을 이야기할 이유가 있나?"

사타가 천마를 향해 능글거리는 말투로 뒷짐을 지며 말했다.

사타는 오후에 있었던 일을 비롯해 천마에게 충분히 빚을 지게 만들었다고 생각했다.

아무리 제멋대로인 그라고 할지라도 함부로 하지 않을 것이라 여긴 것이었다.

그러나.

콱!

"켁켁!"

천마에게 목젖이 잡히고 말았다.

도무지 종잡을 수 없는 행동에 사타는 어이가 없었다.

그런 사타에게 천마가 살기 어린 목소리로 경고를 했다.

"이제 더 이상 네놈에게서 볼일이 없다는 것을 전혀 알지 못하는구나, 늙은이."

"이, 이 손 좀 노… 켁켁… 놓고 얘기하세."

사타는 스스로의 미련한 판단에 반성을 해야 했다.

이 눈앞에 있는 망할 놈은 애초부터 남의 판단하에서 움직이는 인간이 아니라는 것을 새삼 깨달았다.

탁!

잡혔던 목젖을 놓자마자 한동안 기침을 해댄 사타였다.

그런 그를 놔두고 천마가 고상하게 의자에 앉아 곰방대를 물고 담뱃불을 붙였다.

담뱃재가 타는 소리와 함께 천마의 입에서 연기가 자욱하게 올라왔다.

"말해라."

"콜록콜록. 당최 자네라는 인간은 종잡을 수가 없네그려."

"필요한 말만 해라. 후우~"

천마가 내뿜는 담배 연기가 사타의 얼굴을 뒤엎었다.

속내는 부글부글 끓었지만 워낙 이런 태도로 일관했기에 그러려니 하는 생각마저 들었다.

사타가 탁자의 맞은편에 의자를 빼서 앉았다.

그러고는 여태까지와 다르게 굉장히 진지한 얼굴로 입을 열었다.

"솔직하게 말하겠네. 자네의 팔을 이식해 줬으니 뭘 해달라는 것보다 이 노부가 처한 상황을 들어달라는 걸세."

경박스럽게 웃어대던 사타의 모습은 사라지고 진지함을 갖추자 천마가 이채를 띠었다.

그것을 수긍한 것으로 받아들인 사타가 계속 말을 이었다.

"자네도 알다시피 그 팔은 북호투황의 것일세. 그런데 자네가 궁금한 것은 그 팔을 내가 어떻게 얻었냐는 거겠지."

"…그렇다."

"자네의 오른팔은 노부의 동생의 것일세."

"……!"

항상 심드렁한 표정을 짓던 천마의 눈썹이 꿈틀거렸다.

만약 이 말을 다른 무림인들이 알게 되었다면 모두가 놀랄 만한 비사(祕事)였다.

무림의 어느 누구도 사타와 북호투황의 관계를 아는 자는 아무도 없었기 때문이었다.

"역시 자네는 덤덤하군."

특별히 큰 반응을 보이지 않는 천마를 보며 사타가 한숨을 내쉬며 말을 이었다.

"휴, 이 노부와 동생은 가는 길이 달랐지. 뭐, 애초에 타고난 재능의 차이가 있었기 때문이기도 하네."

여기서부터 사타의 긴 사연이 시작되었다.

사타는 원래 호성 맹가(猛家)라 불리는 명문 무가 가문의 출신이었다.

호성 맹가는 외공을 극한까지 연마하는 독특한 무공을 가지고 있는 가문이었다. 게다가 세대마다 항상 빼어난 고수들을 배출하곤 했다.

"뭐, 자네의 형제들과 비교하기는 그렇지만 노부도 쌍둥이로 태어났네."

여기서 운명이 갈리게 되었다.

먼저 태어난 사타가 형이었음에도 불구하고 그는 약하게 태어났다.

하나 병약한 형과 달리 쌍둥이 동생은 맹가 역사상 다시없을 무재(武才)로 태어났다.

"노부는 내공조차 익힐 수가 없었는데, 녀석은 고작 열 살의 나이에 가문의 무공을 팔 성 이상을 이룰 정도로 천재였지."

이렇게 되니 둘은 비교될 수밖에 없었다.

한날한시 같이 태어나 전혀 다른 재능을 지닌 형제는 비극이었다.

결국 사타는 가문에 있어 수치라는 말까지 듣게 되었다.

"여느 무림의 가문들과 마찬가지로 재능이 없는 아이는 수치와도 같았지."

더군다나 사타는 열 살이 되었을 때, 의원에게 불치병에 걸렸다는 말까지 들었다.

청천벽력과도 같은 일이었다.

한데 안타깝게도 부모의 관심은 이미 동생인 북호투황에게로 가 있었다.

"그래서 버림받았나?"

"켈켈켈, 쪽팔리지만 뭐, 그런 셈이지."

병에 걸린 사타는 날이 갈수록 허약해져만 갔다.

반대로 약해져 가는 사타와 달리 그의 동생인 북호투황은 점점 강해졌다.

결국 맹가에서는 치료 차원의 요양을 명목으로 사타를 외가의 별장으로 보냈다.

"안 죽고 용케 살아 있군. 불치병이라더니."

"흠흠, 다 천운이 아니겠나."

사타의 말대로 천운이라고 할 수 있었다.

우연치 않게 사타는 요양을 갔던 곳에서 범상치 않은 자를 만났다.

그가 요양하는 곳에는 절곡(絶谷)이라 불리는 골짜기가 있었는데, 해마다 인명 사고가 끊이지 않는 곳이었다.

"멍청한 짓을 하려 했군."

"켈켈, 자네는 정말 눈치가 빨라."

가족에게 버림받고, 신체마저 병약해지자 사타는 계곡에 뛰어내리려 했다.

그때 그는 스승이라 부를 수 있는 자를 만났다.

"아직도 그분을 잊을 수가 없네. 왜냐하면……."

계곡으로 뛰어내리려는 사타를 구한 자는 놀랍게도 두 눈이 없는 맹인이었다.

얼굴을 온통 붕대로 감고 있는 자였는데, 이상할 만큼 살이 썩은 냄새가 나는 자였다.

"아직은 죽을 운명이 아니구나."

사타를 구한 남자가 했던 말이었다.

정체불명의 맹인은 불치병이라 불렸던 사타의 병을 고쳐주었고, 오 년간 사타를 데리고 다니며 의술을 가르쳐 주었다.

"그분은 의술 외에도 무공을 할 수 있는 분이셨는데, 노부에게 무공과는 인연이 없다고 하더군. 나중에서야 알았는데, 정말 난 무공을 익힐 수 없는 몸이더군."

"어이, 늙은이."

"켈켈, 왜 그러나?"

"…짧고 간결하게 해라. 쓸데없는 말은 지껄이지 말고."

"크흠."

천마의 경고에 사타가 민망한 표정을 지으며 헛기침을 했다.

사타를 구해준 정체불명의 맹인은 헤어질 때까지도 그 자신을 스승으로 부르지 못하게 했다. 아무리 물어도 이유는 가르쳐 주지 않았다.

"오 년이나 같이 지냈는데 성명조차도 알려주시지 않았네.

단지……."

"단지?"

"이미 죽은 자라는 이상한 소리를 해대더군."

"이미 죽은… 자?"

이미 죽은 자라는 말에 천마의 표정이 묘하게 바뀌었다.

그렇게 배운 의술은 기존의 것과는 궤를 달리했다.

사타는 뛰어난 의술을 바탕으로 명성을 쌓아갔고 괴의라는 명성을 얻게 되었다.

"명성을 날리자 어느 순간 맹가에서 노부를 불렀지."

"……."

"노부더러 다시 돌아오라고 하더군. 하지만 이미 버림받은 자식이었는데 쓸모가 있어졌으니 돌아오라는 게 말이 되는가? 켈켈켈."

입은 웃고 있었지만 사타의 뺨이 파르르 떨리고 있었다.

사타가 자신의 안대를 매만지며 말했다.

"부름에 응하지 않자, 결국 내 눈을 뽑아버리더군. 친동생이란 놈이 말이야, 켈켈."

그의 눈을 뽑은 것은 다름 아닌 북호투황이었다.

북호투황은 당시 젊은 나이임에도 불구하고 사파의 신진 고수로 명성을 날리고 있었다. 거침없는 성격의 소유자였던 그는 제 형의 눈을 앗아갔다.

"홧김에 눈을 뽑아버렸으나 차마 혈육이라고 죽이기는 뭣했는지 보내주더군. 망할 자식, 멀쩡하게 보내주는 것도 아니고, 켈켈."

과거를 떠올리며 감정이 격해졌는지 사타는 눈시울마저 붉어져 있었다.

쌍둥이 형의 눈을 앗아간 동생에 대한 분노였을까.

"동생을 원망했겠군."

"원망했지. 그런데… 참으로 사람 마음이란 묘하더군. 늙으면 몸만 약해지는 게 아닌 듯허이."

중원 무림의 오대 고수라 불리는 오황의 일인이면서, 사파 무림맹의 맹주로 군림하게 된 북호투황은 그날 이후 일흔이 넘어가도록 사타를 찾지 않았었다.

그러던 어느 날, 사타에게 서찰이 날아왔다.


미안하오. 아우의 성정이 거칠고 모질어 형님을 고생만 시켰소.


짧은 내용이었지만 많은 것이 느껴졌었다.

사타는 그것이 설마 북호투황의 마지막 편지가 되리라곤 상상하지 못했다.

서찰을 받고 불안함을 느낀 사타는 북호투황을 찾아가기로 마음먹었다.

"정파 무림맹과의 전쟁 때였군."

"맞네. 그렇게 괴물같이 강했던 녀석인데, 스스로의 죽음을 예감했던 게지."

일흔의 나이를 먹었지만 명색이 오황의 일인이자 투신이라 불리는 남자였다. 그런 자가 유언을 남기듯이 절연한 형제에게 편지를 남긴 것이다.

사타는 불길한 마음에 서둘러 정사의 거대한 싸움이 벌어지는 그 전쟁터로 향했다.

"노부는… 노부는 처음으로 운명을 저주했네."

아직도 그때의 광경이 생생하게 뇌리를 스쳐 지나갔다.

사타는 평생을 무림의 의원으로 살아갔기에 산전수전을 다 겪었다고 생각했다.

"산서성에 오태산이라는 아름다운 산이 있지. 겨울이면 그곳은 하얀 눈으로 산 전체가 물드네. 내 평생 그런 광경은 처음이었네."

피로 물든 붉은 설산(雪山).

피비린내로 뒤덮인 오태산의 사방에는 온갖 시신이 넘쳐났다.

수백 구인지 아니면 수천 구인지 구분이 가지 않을 만큼 끔찍하기 짝이 없었다.

끔찍한 광경 속에서도 사타는 북호투황을 찾기 위해 온 산을 뒤졌다.

그러나 그를 찾기까지 그리 오랜 시간이 걸리지 않았다.

산 깊숙이에서 엄청난 굉음 소리가 울려 퍼지고 있었기 때문이었다.

'두려워하는 건가?'

원영신을 통해서 상대의 진의나 감정을 읽어낼 수 있는 천마다.

오태산을 거론하면서부터 사타의 감정에서 강한 두려움이 느껴졌다.

"마지막으로 동생 놈을 본 게 그런 광경일 줄은 꿈도 꾸지 못했지."

굉음 소리를 따라 달려간 곳에서 사타는 믿기 힘든 광경을 봤다.

사방에 폭약이라도 터진 것처럼 거대한 구덩이들이 파여 있었고, 나무나 바위들이 날카로운 검에 베인 것처럼 단면을 드러내며 잘려져 있었다.

"꽤 애먹게 만들었어. 투신이라고 하더니 그 칭호가 가볍지 않군."

뭐라고 표현하기 어려운 스산한 목소리였다.

그 목소리를 듣는 순간, 산골의 추운 날씨임에도 사타의 온몸에 식은땀이 흘러내렸다.

불현듯 소리를 지를 뻔했는데, 황급히 자신의 입을 틀어막았다.

"그놈··· 그놈 목소리를 잊을 수가 없네."

백발이 성성한 북호투황은 양팔이 잘린 채 완전한 전투 불능 상태가 되어 있었다.

무릎을 꿇고, 자괴감에 빠진 눈으로 상대를 노려보고 있었다.

"···괴물 같은 놈!"

"투신이라 불리는 자가 그리 말해주니 영광이로군."

"네놈, 대체 정체가 뭐지? 어째서 이 전쟁에 끼어든 것이더냐?"

"글쎄, 불청객 정도로 해두지, 크큭."

정사 전쟁의 한복판에 끼어든 그는 도대체 누구란 말인가.

투신이라 불리는 북호투황이었다.

그런 그를 제압하고도 작은 상처를 입은 것 외에는 멀쩡했으니 괴물이라고 부를 만했다.

"투신의 피 맛은 어떨까? 크크크크큭."

그 말과 함께 북호투황의 목이 날아갔다.

평생을 한 번도 패한 적이 없던 절세의 무인이자, 투신이라 불렸던 남자가 정체 모를 자에게 목이 날아간 것이었다.

"정체 모를 자라고?"

천마가 이런 질문을 한 것에는 이유가 있었다.

북호투황의 오른팔을 이식받으면서 의식의 공간에서 그의 의념체와 겨뤘었다.

비록 의념체에 불과했으나, 북호투황의 실력은 현경에 이르는 절대 고수였다.

천마조차도 인정하는 투신을 정체 모를 자가 쓰러뜨렸다고 하니, 의아한 것도 당연했다.

"검황과 겨루고 있을 거라고 여겼었는데 아니었네. 전혀 모르는 자였지."

중원 무림인들이 알게 된다면 경악할 만한 진실이었다.

무림인들은 북호투황을 죽인 자를 검황으로 알고 있다. 그렇기에 새로운 오황으로 검황이 그 자리를 차지하고 있었다.

결국 검문에서 의도적으로 진실을 은폐하고 있었다.

"너무 놀라서 소리를 지를 뻔했는데, 그 순간!"

놈이 고개를 돌려서 숨어 있는 사타를 쳐다보았다.

긴 머리카락을 산발로 풀어 헤치고 있어 얼굴은 잘 보이지 않았다.

하지만 아직도 잊을 수 없었다.

"피처럼… 피처럼 붉은 눈을 하고 있었네."

"뭐… 라고?"

"마치 자네의 그 눈처럼 붉은 눈이었어!"

여태까지 사타의 말을 심드렁히 듣고만 있었던 천마였는데, 붉은 눈이라는 말에 동공이 커졌다. 그도 그럴 것이 붉은 눈이 의미하는 바가 컸기 때문이었다. .

'설마 금지된 술법?'

금지된 술법으로 되살아난 자만이 붉은 눈을 가지고 있다.

왜 그런 것인지는 천마 역시도 정확히 알지는 못했지만 그것만은 확실했다.

"한데 놈에게 발견되었는데, 어떻게 살았지?"

만약 천마였다면 후환을 두지 않았을 것이다.

"노부도 이해할 수가 없었네. 날 한번 쳐다보더니 급히 동생 녀석의 목을 가지고 사라져 버리더군. 여전히 그 이유만큼은 전혀 모르겠네."

"그냥 사라졌다?"

"정말 분한 것은… 동생이 죽었는데, 놈이 사라지자 안도하는 자신이었지."

사타는 붉어진 눈시울로 고개를 바닥으로 떨어뜨렸다.

이것이 지금까지 괴의 사타의 과거사였다.

이야기를 하는 내내, 떨림이 가라앉지 않는지 그는 자신의 손을 만지작거리고 있었다.

곰방대의 담배를 쭈욱 빨면서 연기를 내뱉는 천마의 표정도 사뭇 달라졌다.

"후우~"

'그럴 리가 없다. 분명… 그곳을 멸망시키면서 모든 서적은 신교로 가지고 왔는데.'

천마는 내심 당혹스러웠다.

죽은 자를 부활시키는 금지된 술법.

그것은 엄밀히 말한다면 천마신교에서 파생된 술법은 아니었다.

과거 혈교(血敎)와의 전쟁에서 얻은 부산물이었다.

"정말… 붉은 눈이었나?"

"노부가 자넬 상대로 거짓말을 해서 뭣하겠나. 이제 노부가 왜 자네에게 관심을 가졌는지 알겠나?"

사타는 이미 천마와 같은 눈을 본 적이 있었다.

그렇기에 극도의 관심을 가졌다.

유일하게 붉은 눈에 관한 의문을 해소시켜 줄 단서를 가진 남자가 천마였던 것이다.

"혹시 붉은 눈의 남자에 관해서 다른 것을 알고 있나?"

"모르네. 개방이나 하오문에 수소문을 해보아도 전혀 모르더군."

반 백 년 동안을 의원으로 무림을 주유했던 사타였다.

때문에 남들이 모르는 비사도 많이 접했다.

그런 사타 역시도 붉은 눈을 가진 남자에 관해서 아는 바도 없었고, 알 수조차도 없었다.

'내가 모르는 사본이 있는 것인가? 아니면 신교와 연관이 있는 것인가?'

천마의 머릿속이 복잡하게 돌아갔다.

생각보다 검문 이외에도 알 수 없는 내막들이 숨겨져 있을 지도 모른다는 생각이 들었다.

그리고 어쩌면 지금의 마교와도 연관이 있을지도 몰랐다.

"…붉은 눈에 관한 진실이 알고 싶은 거냐?"

온갖 감정이 섞인 눈으로 바라보는 사타에게 천마가 나지막 한 목소리로 물었다.

이에 사타는 잠시 머뭇거리더니 이내 고개를 좌우로 저었 다.

"아닐세. 노부가 오랜 세월 동안 무림을 주유하면서 알게 된 진리가 있지. 스스로 감당할 수 없는 진실을 탐하지 말라 는 것일세."

솔직한 심정으로는 정말 궁금했다.

하지만 사타의 오랜 경험이나 이성이 그것을 만류하고 있었 다.

사타가 지금까지 그때의 진실을 함구하고 있는 것도 이 진 실이 가져올 폐단에 대한 두려움 때문이었다.

아무리 명성이 높다하나 그는 일개 의원에 불과했다.

"그럼 무엇을 원하는 거냐?"

"의원으로써 할 말은 아니지만 노부는 복수를 원하네."

"그래서 내게 접합 수술을 해준 것인가?"

"켈켈, 그렇지. 노부의 동생의 팔로 복수할 수 있다면 더더욱 좋지 않겠나."

그러나 천마는 그 말을 완전히 믿지 않았다.

단순히 동생의 팔로 복수하길 원한다는 이유만으로 검은 팔을 접합했다고 보기에는 사타가 천마를 믿을 수 있을 만한 것이 없었기 때문이었다.

'그저 이용하려는 것이겠지, 늙은이.'

연신 담배를 피워대는 천마를 바라보며 사타는 의미심장한 눈빛을 보이며 웃었다.

그 꿍꿍이속을 천마가 간파했다는 것도 모른 채 말이다.

'이이제이(以夷制夷)라고 했지. 괴물을 상대할 수 있는 것은 괴물뿐이지, 켈켈.'

투신을 쓰러뜨린 붉은 눈의 괴물.

그 괴물에게 복수하기 위해선 같은 괴물만이 가능하다고 믿는 사타였다.

\*          \*          \*

늦은 밤, 사마세가.

모두가 처소에서 잠이 든 시각이었다.

회의가 끝난 육필흠 장로는 처소에서 내상을 치료하기 위해 긴 운기조식을 마치고서야 침대에 누울 수 있었다.

막상 침대에 누웠지만 육필흠은 오늘따라 잠이 오지 않았다.

요 근래에 무림의 정세도 급격했고, 조용할 것만 같았던 사마세가 역시도 조금씩 그런 흐름에 휘말려 간다는 느낌을 받았다.

'배신자 가문 소리까지 들어가며 가주가 평화적인 노선을 탔건만, 후우.'

소림의 제자 중에서 수많은 살인을 저질러 파문됐던 육필흠이었다.

그 후로 거친 무림을 활보하면서 지내오다 전 사마 가주의 설득에 넘어가 안정된 삶을 위해 장로로 영입되었다.

전전 세대만 하더라도 사마세가는 뛰어난 무공과 지략으로 사파 무림을 종횡해 왔다.

'격류에 휘말려서 좋을 게 없건만, 휴.'

한 가문이나 문파의 경우 어쩔 수 없이 수장의 성향을 따라가게 되어 있다.

지금의 사마세가의 가주의 경우, 무림에서 박쥐처럼 이리저리 들러붙는다는 욕을 먹고 있지만 세가의 사람들 입장에서는 살아남기 위한 고육지책(苦肉之策)과도 같았다.

'그나저나 사타는 대체 무슨 짓을 한 거야. 병신을 고수로 바꿔놓다니.'

잠이 오지 않으니 생각이 낮에 있었던 일까지 미쳤다.

근래에 들어 실전 경험이 많이 떨어졌긴 하지만 육필흠은 소림의 속가 제자 중에서도 수위에 꼽을 실력이라는 자부심을 가지고 있었다.

'용조수의 초식을 전부 꿰뚫고 있었어.'

의아한 건 삼 공자가 자신의 용조수를 파훼한 게 단순히 무공이 높아서라기보다는 초식의 취약한 점을 전부 파악하고 있다는 것이었다.

'소림의 고수들이나 무림의 노고수들이나 가능할 법한 일인데……'

그 점이 도통 이해가 가지 않았다.

의술로 그런 것이 극복이 가능할까.

무공이 폐해지기 전의 삼 공자는 노력파라고 불리긴 했으나 기재는 아니었다.

"젠장, 잠이 더 안 오는군."

머릿속이 복잡해지자 잠을 설친 육필흠은 침대에서 일어나더니 탁자에 앉아 물을 따라 마셨다.

다시 침대에 누우려던 육필흠은 문득 이상함을 느꼈다.

"왜 이렇게 조용하지?"

아무리 늦은 밤이었지만 세가의 무인들이 교대로 근무를 선다.

물론 하인들 역시도 돌아다니기에 그 기척이 느껴지는데, 오늘은 이상할 정도로 조용했다.

"찝찝하군."

근래 은원 관계를 맺을 만한 사건도 없었다.

육필흠은 조심스럽게 눈을 감고, 주위의 기척을 감지하려 했다.

"흠."

집중해 보았지만 주위에 특별히 의심이 되는 기척이 느껴지진 않았다.

혹시나 자객이 든 것은 아닐까 생각했지만 괜한 기우라 여겼다.

그렇게 생각한 육필흠은 자리에 누워 이불을 코까지 올려 덮었다.

"에휴, 잠을 설치고 나니 뒤숭숭해서 그런……."

끼이이익!

"……!"

그의 말이 끝나기도 전에 조용히 방문이 열렸다.

너무 태연하게 방문을 열고, 어두운 방 안으로 누군가 들어왔다.

"사… 삼 공자?"

늦은 밤중에 육필흠의 방을 찾아온 손님은 다름 아닌 천마였다.

갑작스러운 그의 등장에 육필흠은 하도 어이가 없어 말문을 잃고 말았다.

방문을 두드린 것도 아니고, 늦은 밤에 기척도 없이 문을 열고 들어오는 것은 무슨 경우란 말인가.

"오, 잘됐군. 자고 있으면 깨우려 했는데."

"그… 그게 무슨……."

탁!

"읍읍!"

육필흠이 몸을 일으켜 세우기도 전에 천마가 어느새 다가와 입을 틀어막고 눌렀다.

당황한 육필흠이 내공을 끌어 올렸다.

그러나.

딱!

"우읍읍읍!"

입을 틀어막고 있어서 소리를 지르지 못했지만 육필흠은 오만상을 찌푸리며 고통의 신음 소리를 냈다.

그도 그럴 것이 내공을 끌어 올리려 하자 천마가 육필흠의 이마에 딱밤을 때린 것이다.

문제는 딱밤을 때린 손이 북호투황의 손가락이었다.

주르르륵!

육필흠의 미간으로 핏줄기가 흘러내렸다.

얼마나 아팠는지 실핏줄 터진 눈이 촉촉하게 젖어 있을 정도였다.

"흠… 살살하려 했는데."

천마가 육필흠의 터진 이마를 보며 중얼거렸다.

육필흠은 눈을 부릅뜨고 속으로 미친 듯이 욕을 해댔지만 천마가 입을 막고 있어서 밖으로 낼 순 없었다.

"귀찮은 짓은 하지 말자."

탁탁!

천마가 육필흠의 혈도를 점했다.

혈도가 점해진 육필흠은 천마가 입에서 손을 떼도 움직일 수가 없었다.

다행히 아혈은 점하지 않았는지 말은 할 수 있었다.

"삼 공자! 이게 대체 무슨 짓이오?"

"조용히 해라."

"지금 조용히 할 상황이라……."

딱!

"끄아아… 읍읍!"

또다시 딱밤을 맞은 육필흠은 비명을 지르려 했으나 다시 천마의 손에 입이 막혀 버렸다.

육필흠은 고작 딱밤 한 대가 이렇게까지 아프리라곤 상상조차 하지 못했다.

"자, 다시 한 번 말한다. 귀찮은 짓은 하지 말자."

"읍읍읍!"

육필흠이 고통스러운 표정으로 눈을 부릅뜨고 천마를 노려보았다.

그러나 돌아온 것은.

딱!

"끄으으읍!"

찢어질 듯한 고통뿐이었다.

천마는 그런 육필흠을 바라보며 이죽거리고 있었다.

육필흠은 고통을 떠나서 그런 천마의 반응을 보니, 공포감을 느낄 수밖에 없었다.

'이게 정말 내가 알던 삼 공자란 말인가.'

천마는 막고 있던 손을 떼며 나긋한 목소리로 말했다.

"마지막 경고다. 더 이상 귀찮은 짓을 한다면 그냥 죽여 버린다."

오싹!

'눈이?'

의식하지 않고 있었는데, 천마의 붉은 눈과 마주치니 공포감이 더해졌다.

육필흠은 자신도 모르게 눈알을 아래위로 굴리며 긍정을 표시했다.

"사마 가주와 정파 무림맹에 갔다 왔다지?"

"그, 그렇소."

"그렇다면 네가 알고 있는 모든 것을 말해라."

"대… 대체 무엇을 말이오?"

"정파 무림맹에서 갔던 일들이나 네가 알고 있는 정파 무림맹에 관한 것들."

천마가 아닌 밤중에 육필흠의 처소를 찾아온 이유였다.

검문에 관한 어떠한 정보도 없었기에 천마는 최대한 많은 정보를 원했다.

검문의 장문인인 검황의 제자가 이곳까지 찾아올 정도면 사마세가 역시도 상당한 정보를 가지고 있다고 판단한 그였다.

'삼 공자가 어째서 정파 무림맹에 관해서 묻지? 설마 오늘 회의에 대해서 알고 있는 건가?'

육필흠은 짧은 시간 동안 수많은 생각이 들었다.

약관의 나이가 되도록 가문에서 무림 출도조차 하지 않았던 삼 공자였다.

그런데 뜬금없이 정파 무림맹에 관해서 물으니, 혹여나 회의에서 그를 차출한 정보가 흘러갔는지 의심이 되었다.

"그, 그걸 왜 묻는 것이오?"

"…묻는 말에나 답하라고 경고했을 텐데."

"마… 말하겠소. 제, 제발 그것만은……."

천마의 살기 어린 목소리에 놀란 육필홈은 눈을 질끈 감으며 말했다.

차마 딱밤을 때리지 말라는 말이 나오지 못했다.

"말해라."

"가주께서 정파 무림맹에 간 것은 긴급회의 때문이었소."

"긴급회의? 무슨 이유로?"

"그건… 으음."

아직까지 무림에 정식으로 공개된 일이 아니라 각파의 주요 장로급 이상들만이 알고 있는 사항이었기에 육필홈은 잠시 망설일 수밖에 없었다.

하지만 손가락을 까닥이는 천마의 행동에 곧장 말할 수밖에 없었다.

"그… 그것이… 마교의 일 때문이오."

"마교? 그게 무슨 소리냐?"

마교라는 말에 천마가 눈을 가늘게 뜨고 물었다.

육필흠이 계속 말을 이었다.

"무림맹에 마교의 사자가 왔소."

"마교의 사자? 무슨 일로 온 거지?"

"그게… 마교에서 무림맹에 가입을 신청했소. 그래서 맹에 긴급회의가 발의된 것이오."

"뭐라고?"

내색하지 않으려 했으나, 천마의 눈빛이 흔들렸다.

마교에서 대체 무슨 일이 일어났기에 갑자기 무림맹에 가입을 신청했단 말인가.

천마가 알기로는 마교는 봉문(封門) 상태였다.

더군다나 부교주와의 알력 싸움이 한창이었다.

'설마?'

"마교에서 내란이 있었는데, 부교주 일파가 정권을 잡는 데 성공했다고 하오."

콰득!

천마가 자신도 모르게 손에 힘이 들어갔다.

다행히 침대의 난간을 잡고 있어서 망정이지 육필흠의 다리라도 잡았다면 부러졌을 정도의 힘이었다.

"왜, 왜 그러는 것이오?"

"…계속 말해라."

갑자기 기분이 침체된 천마의 눈치를 살피다 육필흠이 말을 이어갔다.

정파 무림맹이 사파에 이어서 마교와의 전쟁에 이겼지만 완전히 굴복시킨 것은 아니었다.

마교의 경우 사파와 달리 워낙 군집체가 강하고 충성도가 남달랐기에 봉문을 시키는 것이 한계였다.

교주가 생사불명의 부상을 입었다고는 했지만 여전히 오황 중 일인인 남마검을 비롯해 수많은 마교의 고수가 버티고 있었다.

"부교주란 자가 직접 왔나?"

"아니오. 부교주 일파라 하는 마교의 이 장로가 왔소."

"이 장로?"

"벽마도(闢魔刀)라 불리는 자로 무림에서도 절정 고수로 명성을 떨쳤다고 하오."

마교에서는 삼 장로 이상의 급을 수석 장로라 한다.

수석 장로들은 마교 내에서도 상당한 직위를 가진 이들이다.

그런 이를 보냈다는 것은 마교에서도 사자로서의 예를 갖춘 것이었다.

"무림맹의 입장에서는 거짓 항복일 수도 있기에 긴급회의가 벌어졌지만 그들이 맹에 가입하는 대가를 치렀소."

"대가?"

"마교의 신물인 천마신검과 마교의 공녀를 헌납했소."

천마의 얼굴이 싸늘하게 굳어졌다.

좋은 말로 포장해서 맹에 가입을 신청한 것이었다.

이것은 실질적으로 봉문을 넘어서 정파 무림맹의 밑으로 들어가길 자청한 것과 같았다.

즉, 천마가 세운 마교가 검문이 이끄는 무림맹에 고개를 숙였다.

더군다나 마교를 상징하는 천마신검과 혈손까지 헌납했다는 것은 치욕과도 같은 일이었다.

"이… 빌어먹을 것들이!"

천마에게서 상상을 초월하는 강렬한 살기가 폭사되어 나왔다.

그것이 어찌나 강했는지 육필흠은 심장을 옥죄이는 고통마저 느꼈다.

'이… 이자는 삼 공자가 아니야.'

육필흠은 공포심에 떨면서도 확신할 수 있었다.

눈앞에 삼 공자의 껍데기를 쓰고 있는 자는 단언컨대 다른 사람이었다.

사파의 무공을 익혔다고 해서 가질 수 있는 살기가 아니었다.

'이건 타고나지 않고는!'

비록 멸시를 받으면서 자랐다고는 해도 사마세가의 울타리에서 자라온 삼 공자였다.

그런 자가 수많은 사람의 목숨을 앗아야 가능할 정도의 살기를 내뿜는다는 것은 말이 되지 않았다.

"다… 당신 누구야?"

"후우, 묻는 말에만 답변하라고 했을 텐데."

"뭣?"

콰직!

천마의 손이 망설임 없이 육필흠의 가슴을 파고들었다.

애초부터 혈도가 점해져 있었던 육필흠은 어떠한 반항조차 할 수 없었다.

"푸웃!"

육필흠의 입에서 분수처럼 피가 뿜어져 나왔다.

육필흠의 가슴에서 천마의 손이 나왔을 때, 그는 생애 처음으로 자신의 심장이 뽑혀져 나오는 광경을 볼 수 있었다.

"아, 저질러 버렸네, 흐음."

천마가 손에 쥐고 있는 심장을 바라보았다.

피에 적셔져 있는 심장은 힘차게 뛰고 있었지만 점차 죽은 듯이 가라앉았다.

바로 그때였다.

쾅!

문지방을 부수고 누군가 천마를 급습했다.

천마는 빠르게 몸을 돌려 급습하는 자를 향해 일 장을 날렸다.

휙!

그자는 너무도 쉽게 천마의 일 장을 피하고 반격을 가했다.

육안으로 확인하기 힘들 정도의 순간, 초식과 초식이 맞부딪쳤다.

강한 내공의 압력이 발생하며 천마의 몸이 뒤로 밀려져 나갔다.

"네놈은?"

"삼 공자?"

천마를 급습한 자는 다름 아닌 검하칠위의 일인인 문율이었다.

화경의 고수인 문율은 처소에서 휴식을 취하던 중, 갑자기 폭사되어 나오는 천마의 살기를 감지했다.

어찌나 강렬했는지 문율은 지체할 겨를도 없이 객실을 빠져나와 살기의 진원지를 향해 급습을 감행했던 것이었다.

'살기가 너무 짙어서 위험한 적이라 생각했건만.'

문율은 당혹스러움을 감추지 못했다.

천마의 손에 들려 있는 심장과 침대에 가슴이 뚫린 채 죽어 있는 육필흠의 시신을 발견한 순간, 어떠한 일이 일어났는지는 대략 파악할 수 있었다.

'젠장, 귀찮게 되었군.'

반면 천마는 홧김에 살기를 제어하지 못했던 자신을 자책했다.

검문을 향한 증오가 커져가고 있는 마당에 마교가 최악의 사태를 맞이하게 되니 도저히 화를 가라앉힐 수가 없었다.

다른 사람도 아니고 눈앞에 서 있는 남자는 화경의 고수였다.

'싸워야 하나.'

어차피 상대는 검문의 사람이었다.

천마의 입장에서는 언젠가는 분명 없애야 할 인물이기도 했다.

단지 문제는 아직 천마의 무공이 화경의 고수를 감당할 정도가 아니라는 점이었다.

'뭐, 무공의 경지가 다는 아니니까.'

마음의 결정을 한 천마가 몸을 움직이려 하자 문율이 손으로 가로막으며 말했다.

"삼 공자, 잠시 멈추게."

"……?"

"지금 이곳에서 대화를 나눌 만한 상황이 아니니 장소를 옮기세."

예상과 달리 문율은 힘을 겨룰 의사가 없어 보였다.

오히려 천마를 돕기라도 하는 듯, 품속에서 작은 호리병을 꺼내어 침대 위의 시신에 진득한 액체를 몇 방울 떨어뜨렸다.

액체가 시체에 닿자 역한 냄새와 함께 시체가 부글부글 끓어오르며 녹기 시작했다.

"화골산이로군."

"꽤 효과가 좋은 것이니 안심해도 좋네."

문율의 말처럼 화골산의 효과는 굉장히 좋았다.

뚫린 가슴을 타고 흘러내린 화골산은 얼마 지나지 않아 완전히 녹아내렸다. 아무것도 남지 않은 침대 위에는 누런 액체의 흔적만이 남아 있었다.

'빠른데?'

천 년 전의 화골산은 아무리 빨라도 반 시진 정도에 걸쳐서 시체를 녹였는데, 지금은 고작 차 한잔 마실 정도의 시간만에 완전히 녹이자 천마는 내심 신기해했다.

"이제 잠시 자리를 옮기지. 따라오게."

문율이 먼저 방을 나서더니 경공을 펼쳐 사마세가를 벗어났다.

제 할 말만 하는 문율의 태도가 마음에 들지 않았지만 궁금증이 생긴 천마는 곧장 경공을 펼쳐 그 뒤를 따랐다.

탁탁!

어느새 천마의 신형이 문율의 가까이로 와 있었다.

문율은 화경의 고수인 자신이 펼치는 경공을 전혀 어려움 없이 따라잡는 천마를 보며 내심 감탄했다.

'무공만 괴물이 아니군. 경공도 탁월해.'

둘은 사마세가에서 한참을 벗어난 인적이 드문 산기슭에서 경공을 멈췄다.

달이 구름에 가려져 평소보다도 어두웠지만 그들 정도의 실력자들은 기를 감지할 수 있기에 상대를 느끼는 데 있어서 어려움은 없었다.

"뭐 때문에 도와준 거지?"

천마가 먼저 물었다.

시체를 녹인 것부터가 천마를 도와준 것이었기 때문이었다.

이에 문율이 미소를 지으며 말했다.

"일종의 투자라고 함세."

"투자?"

"그렇다네. 어차피 자네 정도의 그릇이라면 고작 사마세가에 안주할 사람이 아니지 않나?"

문율이 갑자기 태도를 바꾼 것에는 이러한 이유가 있었다.

여느 고수에게서도 느끼기 힘든 엄청난 살기는 화경의 고수인 문율조차도 위험한 적이라고 여기게 만들었다.

'단순히 버릴 패가 아니야.'

문율은 천마라는 존재에 대한 평을 바꾸었다.

물론 방 안에서 벌어졌던 일에 대해서는 의아했으나, 그것을 넘어설 정도로 천마를 얻어야 할 인재라고 판단했다.

"뭘 보고 투자를 한다는 거지?"

"후후후, 어차피 자네는 사마세가에 더 이상 있기 힘든 상황이 아닌가."

"……?"

"지금 당장이야 화골산으로 숨겼다지만 어차피 의심의 화살은 삼 공자, 자네에게로 갈 것이 자명하네."

"머리가 잘 돌아가는군."

'머… 머리가 잘 돌아가? 허어.'

천마의 말에 문율은 어이가 없는 표정을 지었다.

아무리 인정했다지만 무림에서 문율의 위치는 한 문파의 장문인들조차도 함부로 대할 수 있는 위치가 아니었다.

'패기가 넘치는 건지, 약관에 얻은 무력에 대한 과신인 건지.'

잠시 건방지다는 생각은 들었지만 젊은 나이에 힘을 얻은 천재라면 스스로에 대한 과신이 강할 수도 있다고 생각되었다.

"그래서 하고자 하는 얘기가 뭐지?"

"후후, 단도직입적으로 말하지. 내 밑으로 들어오게."

문율의 제안에 이번에는 천마가 어이가 없다는 표정을 지었다.

"당혹스럽나 보군. 자네에게도 나쁜 제안은 아니네."

"당혹? 재미있군. 평생 처음 받아보는 제안이야."

이 말은 사실이었다.

어떤 누가 감히 마교의 대종사이자 무림의 패자였던 천마에게 그런 말을 했겠는가.

더군다나 다른 사람도 아니고, 검문의 밑에 있는 자가 천마에게 수하가 되겠냐는 제안을 했으니 어이가 없을 만도 했다.

"자네는 어차피 사마세가의 입장에서 버리는 패일세. 그건 알고 있나?"

"버리는 패?"

"아, 아직 모르는가 보군."

문율이 쾌재가 섞인 미소를 지으며 말했다.

어차피 사마세가와 삼 공자와의 관계가 나쁘다는 것은 직접 눈으로 확인했었다.

여기서 약간의 계기를 만들어준다면 삼 공자가 사마세가와 관계를 끊을 것이라고 확신했다.

"무림맹에서 각 파의 뛰어난 인재들을 요구했지. 사마세가는 자네를 넘기기로 했네."

"그게 무슨 의미지?"

"얼마 있지 않아 검문은 모든 무림을 규합할 걸세. 자네는 그 전쟁에 동원될 것이고."

"더 규합할 것도 있나?"

근 천 년이 넘게 유지되었던 균형을 검문이 무너뜨렸다.

삼대 세력이라 불렸던 것도 그 규모가 전체 무림의 팔 할에 해당하기 때문이었다.

문율이 말하는 것은 나머지 이 할에 해당하는 세력을 의미한다.

"검황께서는 완전한 무림일통을 원하네."

"욕심이 지나치군. 검황이라는 작자는 무림의 생리를 전혀 이해하지 못하는군."

천마의 말이 끝남과 동시에 사방으로 폭풍과도 같은 기의 회오리가 일어났다.

과연 화경의 고수라 할 만한 기세였다.

여유로운 표정으로 일관했던 문율이었지만 검황을 모독하는 천마의 말에 상당히 화가 난 듯했다.

"자네는 입을 함부로 놀리는군. 미처 피기도 전에 새싹을 꺾고 싶지는 않은데."

"새싹? 재밌는 농담을 할 줄 아는군. 검문의 하수인."

그 말을 끝으로 천마에게서 강렬한 살기가 폭사되면서 강한 기세가 일어났다.

화경의 고수인 문율처럼 정제된 기는 아니었지만 그 기세가 매우 날카롭기 그지없었다.

화가 난 것도 있었지만 나름 위압감을 주기 위해서 기를 일으켰던 문율이었다.

'허어? 이놈 봐라.'

오히려 기세를 맞받아치는 천마에게 놀라움을 금치 못했다.

이렇게 되니 더욱 탐이 나기 시작했다.

검하칠위 간에도 서로의 무공 고하를 비롯해 세력 다툼이 잦았기에 인재에 목말라 있었던 문율이었다.

스르륵!

그렇게 살갗을 따갑게 만들던 기의 회오리가 순식간에 수그러들었다.

문율은 다시 여유로운 표정을 지으며 말했다.

"후후, 자네 말이 맞네. 나는 하수인이지. 하지만 그 하수인이 되기 위해 목숨까지 바치는 이들이 구만 리까지 줄을 서는 것도 당금 무림의 현실일세."

부정할 수 없는 사실이었다.

검문은 당금에 있어서 최강의 문파라고 할 수 있었다.

무림맹이라는 허울은 결국 검문의 또 다른 이면일 뿐이었다.

"자네에게 생각할 시간을 주겠네. 어차피 조만간에 다시 볼 테니 말이야."

그 말을 끝으로 문율은 경공을 펼치며 세가가 있는 방향으로 사라졌다.

문율이 가버리자 천마가 화가 난 표정으로 진각을 밟았다.

쾅!

천마가 진각을 밟자 주위 땅이 흔들리며 바닥에 큰 구덩이가 팼다.

분노로 얼굴이 붉게 상기된 천마는 구름이 끼어서 달그림자조차 보이지 않는 하늘을 올려다보았다.

'뜻대로 되는 것이 없구나.'

마교로 복귀하려는 계획부터 모든 것이 무산되었다.

그렇게 서두르려고 했는데, 마교는 이미 부교주인 남마검의 손에 들어갔다.

천마가 예측한 것과는 전혀 다른 방향으로 흘러간 것이다.

'신중한 놈이라 여겼는데.'

아무래도 이상했다.

충분히 마교를 집어삼킬 수 있었음에도 불구하고, 교인들의 마음을 얻기 위해 인내했던 부교주였다.

그렇다는 것은 부교주가 자신의 존재를 눈치채고 서둘렀을 확률도 완전히 배제할 수 없었다. 애초에 제사장을 바꿔치기 해서 의식을 방해했던 부교주다.

'영악한 놈이로군. 큭, 제대로 한 방 먹었어.'

천마는 인정할 수밖에 없었다.

부교주는 빠른 대처로 천마의 부활을 저지했다.

단지 마음에 걸리는 것은 누군가가 개입한 여지가 있어 보인다는 점이었다.

'어째서 무림맹에 고개를 숙인 거지?'

단일 문파로는 무림에서 최대의 규모를 자랑하는 마교이다.

오히려 실권을 장악했다면 봉문한 상황이기에 내실을 다지는 것이 현명했다.

오황의 일인인 남마검이 무엇이 아쉬워서 고개를 숙인 건지 이해가 가지 않았다.

'내가 상상하지 못할 배후가 있는 걸까?'

만약 그조차도 예상하지 못한 배후가 존재한다면 모든 계획을 전면 수정할 필요가 있었다.

천마는 분노에 휩싸여 스스로가 안일했다는 것을 받아들였다.

'전력을 다해야 한다.'

그렇게 마음을 가다듬었지만 어디서부터 손을 대야 할지

난감했다.

원래 천마의 계획은 마교로 돌아가 천양지체의 몸을 얻고, 천마신검에 있는 마기를 흡수해서 힘을 회복할 예정이었다.

천마신검에는 천마가 우화등선 전에 후대 교주들을 위해 지녔던 모든 마기를 주입했었다.

천마에게 있어서는 분신과도 같은 검이었다.

"괜히 놈을 죽였군."

미처 육필흠을 죽여 버린 것이 후회되는 천마였다.

공녀와 천마신검을 헌납했다는 것 이외에 소교주인 천여휘에 생사에 관해서는 듣지 못했다.

'그나마 팔을 접합했으니 불행 중 다행인 건가.'

북호투황의 팔을 얻은 것은 전화위복(轉禍爲福)과도 같은 상황이었다.

천양지체의 몸을 얻지 못한다면 지금의 육신으로 모든 것을 해나가야 했다.

그런 점에서 극양의 기운을 가진 북호투황의 팔은 기연과도 같았다.

'천마신검이 무림맹에 있다는 건데.'

이것은 전혀 예상하지 못한 변수였다.

천마신검을 얻어야만 단기간에 원래의 힘을 회복할 수 있다.

그런데 정작 천마신검이 적지에 있다면 위험을 감수해야 하는 상황이 발생한 것이었다.

"적의 손에 들어간 검이라……."

천마는 밤하늘을 쳐다보며 한숨을 내쉬었다.

문득 과거를 떠올린 것이었다.

천마신검은 천마가 가지고 있던 두 번째 검이었다.

"결국 다시 현천검을 찾아와야 하나."

현천검(玄天劍).

그것은 과거에 천마 본인의 의지와 상관없이 버려야만 했던 첫 번째 검이었다.

이미 천 년이 지났기에 과연 검이 온전히 남아 있을까 하는 생각이 들었지만 그 검도 천마신검과 마찬가지로 만년한철로 만들어져 현기(眩氣)를 지니고 있었다.

사악!

천마가 깃털과도 같은 경공으로 허공에 치솟아, 구름을 향해 두 손가락을 모아 검지(劍指)로 별리검법의 초식을 펼쳤다.

달빛이 가려진 구름을 가를 것만 같은 파공성이 어두운 밤하늘을 가로질렀다.

한편 멀리서 검은 인영 하나가 바람과도 같이 검초를 펼치는 천마의 모습을 묘한 눈빛으로 뚫어지게 바라보고 있었다.

불과 반 시진 전.

사마세가의 객실의 침소엔 또 한 사람의 잠이 들지 못하는
이가 있었다.

바로 검황의 아름다운 여제자 설유라였다.

회의가 끝나고 일찍 침소에 휴식을 취하러 왔던 그녀는 눈
을 동그랗게 뜨고, 깜빡깜빡거리며 천장만을 쳐다보고 있었다.

'잠이 안 와.'

그녀는 특별히 불면증이 있지 않았다.

보통 침대에 누우면 얼마 있지 않아 고롱고롱하며 잠이 들
었다.

평소에는 검문의 얼음공주라 불릴 정도로 차가운 그녀였지
만 침대 위에서는 뒹굴거리며 구르기도 하고 새우처럼 몸을
쭈그려 보기도 했다.

"히잉."

심지어 목침을 껴안고 굴러대기까지 했다.

검황을 비롯해 사형제들도 모르는 그녀의 숨겨진 모습이었다.

설유라가 이렇게까지 잠에 들지 못하는 이유가 있었다.

"사마영천."

잠을 자려고 했는데, 이상할 정도로 그의 모습이 머릿속을
떠나지 않았다.

설유라는 약관을 앞둔 세월 동안 누군가를 깊게 생각해 본
적이 없었다.

유년기 시절부터 남자들뿐인 곳에서 무공을 수련해 왔기 때문일지도 몰랐다.

"왜 계속 머릿속에서 지워지지 않는 거야."

상의를 탈의하고 있는 남자와 겨뤄본 것은 그녀 인생에 있어서 처음이었다.

사형들이야 어렸을 적부터 봐왔기에 별다른 생각도 없었다.

"꽤 남자다웠는데."

사형들을 제외하고 자신을 이렇게 가볍게 제압한 남자는 처음이었다.

검문의 유성검법은 무림에서 최고라 꼽히는 검법으로 같은 세대의 무림인들 중에서 그녀를 쉽게 제압할 수 있는 이들은 존재하지 않았다.

"무인으로 인정하마, 검문의 여제자여."

갑자기 그가 했던 말이 떠올랐다.

그러자 그녀의 양 볼이 홍시처럼 붉어졌다.

괜히 부끄러워진 설유라는 껴안고 있던 목침을 방바닥으로 던져 버렸다.

"칫, 자기가 뭔데 인정하네 마네야, 홍."

중요한 것은 이 행동을 침대에 누워서 한 시진이 넘게 반복하고 있었다.

그녀는 다시 목침을 주워 베고 누우려 했다.

오싹!

"이… 이건?"

설유라는 소름이 돋는 흉흉한 살기에 놀라 침대에서 벌떡 일어났다.

무림에 출도한 세월이 길지 않은 그녀조차도 이 정도 살기를 지닌 자라면 얼마나 위험할지 짐작이 가지 않을 정도였다.

쾅!

옆 객실 방에서 문을 박차고 나가는 소리가 들렸다.

창문을 열어 쳐다보니 문율이 급하게 세가의 어떤 방향으로 신형을 날리고 있었다.

설유라는 급히 겉옷을 주섬주섬 갈아입었다.

'한밤중에 이게 뭐야.'

아무리 급해도 다 큰 여인이 속옷만 입고 나갈 수는 없는 노릇이었다.

옷을 입은 그녀는 급히 문율이 향했던 방향으로 신형을 날렸다.

살기의 진원지로 다가갈수록 심장이 두근거렸다.

그러다 일순간 살기가 처음부터 없었던 것처럼 사라져 버렸다.

"아."

살기가 사라져 버리자 그녀는 살기의 진원지를 파악할 수가 없었다.

세가의 지붕으로 올라가 진원지를 찾기 위해 두리번거렸다.

일각 정도 둘러보던 차에 멀리 보이는 한 건물에서 검은 인영이 나와 경공을 펼치는 것을 발견했다.

"문 대협?"

멀리서 보아도 그는 바로 문율이었다.

큰 소리로 문율을 부르려 했던 그녀는 곧바로 문율의 뒤를 따라 경공을 펼치는 인영에 놀라 자신도 모르게 몸을 숙였다.

'놀래라. 사마 공자잖아. 그런데 내가 왜 숨은 거지?'

얼떨결에 몸을 숨겼던 자신이 문득 부끄러워진 그녀였다.

괜히 민망해진 그녀는 일단 그들의 뒤를 따르기로 결심했다.

전력으로 경공을 펼쳤는데, 앞서서 나아가고 있는 둘을 따라잡기가 힘들었다.

어느 순간부터 작아지기 시작하더니 이내 점이 되어서 산 너머로 사라져 버렸다.

'무슨 경공이 이렇게 빨라?'

결국 그녀는 방향을 짐작해서 경공을 펼쳐야만 했다.

그러다가 한참을 산기슭 방향으로 향하던 차에 멀리서 있는 그들을 발견할 수 있었다.

'가도 되려나?'

멀리서 봐도 문율과 천마는 뭔가 진지한 대화를 나누고 있었다.

나설 시기를 놓쳤다고 판단한 그녀는 이대로 돌아가야 하는 건지 아니면 계속 지켜볼 것인지 망설이게 되었다.

'…조금만 지켜볼까?'

호기심이 발동한 설유라는 조심스럽게 나무 기둥 뒤에 숨어서 은신했다.

그들에게 포착이 되지 않으려다 보니 멀리서 최대한 기척을 죽여야만 했다.

'둘째 사형 말대로 은신법을 익혀두길 잘했구나.'

처음에는 암살자들이나 익히는 것을 왜 배우냐며 못마땅해했던 그녀였다.

그런데 막상 배워두니 요긴하게 써먹을 수 있었다.

다만 거리가 멀어서 대화가 잘 들리지는 않았다.

한참 대화를 나누던 찰나에 갑자기 문율이 기의 회오리를 발산했다.

'문 대협, 갑자기 왜?'

화경의 고수인 문율이 내뿜는 기의 회오리는 워낙 강해서 멀리서 은신해 있는 그녀조차도 뚜렷하게 느껴질 정도였다.

설마 천마를 없애려는 것인가 하는 의심이 들었다.

'아가씨, 그와는 너무 가까이하지는 마십시오. 어차피 저희 검문에 있어서 이용하는 패이고……. 그리고 그는 위험해 보입니다.'

검하칠위는 오황을 제외하면 무림에서 상대가 없을 것이라 평가받는다.

그런 검하칠위의 일인인 문율이 위험하다고 직접적으로 거론한 것이 바로 삼 공자였다.

그 순간, 문율의 뿜어대는 기의 중압감에 못지않은 강렬하고 날카로운 살기가 천마에게서 폭사되어 나왔다.

오싹!

'이 살기는? 아까 그 살기도 사, 사마 공자였단 말인가.'

낮에 느꼈던 것과는 차원이 다른 살기였다.

멀리서 은신하고 있는데도, 심장이 날카로운 흉기로 찔리는 것만 같았다.

이런 공격적인 살기를 사람이 낼 수 있는지 의심이 갈 정도였다.

'정말 괴물이구나. 혹시 반로환동이라도 한 게 아닐까?'

무림 역사상 반로환동을 한 고수에 관해서 들어본 기억이 없었다.

그것은 전설이나 마찬가지였다.

고개를 세차게 흔들며 부정하는데, 어느새 주위를 세차게 흔들어대던 기의 싸움이 수그러들었다.

'싸우는 게 아니었나?'

이내 문율이 뭔가 이야기를 하더니 경공을 펼쳐 세가 쪽으로 가버렸다.

허탈하게 마무리가 되자 무슨 이야기를 나눴는지 궁금해지는 그녀였다.

문율이 사라지자 천마가 진각을 밟으며 허탈하게 밤하늘을 올려다보는 것이 보였다.

'아, 강자와의 대면으로 상심한 건가.'

천마의 사정을 모르니 오해할 만했다.

저렇게 강해 보이는 남자가 뭔가 분해하는 모습을 보니 설유라는 왠지 모르게 마음이 짠해지는 것을 느꼈다.

한참을 생각에 잠겨 있던 천마가 허공으로 치솟아 검초식을 펼치는 것을 보자 그 모습을 지켜보던 설유라의 뺨을 타고 눈물 한 방울이 흘러내렸다.

'무슨 검초식이기에 저리 슬픈 거지?'

그녀는 몰랐다.

자신이 바라보는 검법이 검선의 유성검법과 자웅을 겨루던 천마의 별리검법임을 말이다.

그렇게 그녀는 한참을 넋을 놓고 슬픈 검초식을 바라보았다.


다음 날, 점심에 가까운 시각,

안채의 가모 유 부인의 방에 달갑지 않은 손님이 찾아왔다.

그는 바로 삼 공자였다.

마음 같아서는 당장 쫓아내고 싶었지만 이미 어제의 일화
가 세가 내에 퍼졌다.

퍼져 나간 일화가 사실이라면 유 부인을 비롯해 그녀의 무
사들이 어떻게 제지할 수 있는 자가 아니었다.

유 부인의 뺨이 파르르 떨렸다.

천마의 터무니없는 요구에 어이가 없었다.

"지금 나와 농을 하는 게냐?"

"다시 한 번 말하지. 대가를 치루면 해약을 주마."

갑자기 느닷없이 찾아온 천마는 유 부인에게 대가를 요구
했다.

말인 즉, 천마는 목숨을 살려주는 대가로 노잣돈을 내놓으
라고 당당히 말한 것이다.

마치 맡겨놓은 돈이라도 찾으러 온 것처럼 말이다.

"거절한다면?"

"거절할 처지는 아닐 텐데."

"감히! …본 가모를 우습게 여기는 것이더냐."

아무리 독에 중독되었지만 그녀는 세가의 가모로서의 자존심이 있었다.

더군다나 사랑하는 두 아들의 팔을 베었기 때문에 어떤 식으로든 천마와 얽히고 싶은 생각이 없었다.

"별 필요가 없나 보군. 그럼 내가 실수했네. 자식들의 목숨보다 자존심이라."

천마가 의외라는 표정을 지으며 작은 목소리로 읊조리더니 방을 나가려 했다.

그러자 유 부인이 두 눈이 커지며 나가려는 천마를 만류했다.

"자, 잠깐!"

"……?"

"정말 해독약을 주는 게냐?"

쌍둥이 공자 역시도 중독되었다는 것을 미처 잊고 있었던 그녀였다.

자존심 이전에 자식들의 목숨이 걸린 문제였기에 흥정을 해야 했다.

'어차피 녀석은 곧 검문의 전쟁에 동원된다. 그 전에 해독약을 받아야 해.'

장로들을 통해서 삼 공자가 검문에 차출되었다는 사실을 들었기에 후계 문제만큼은 자연스럽게 해결된다는 것은 알고 있었다.

문제는 괴의 사타가 이미 진맥을 했고, 독을 쉽게 해독할 수 없다고 공언한 점이었다.

'만약 정말로 사타가 해독하지 못하는 독이라면…….'

생각만 해도 끔찍했다.

유 부인은 어떻게 해서든 천마에게서 해약을 받아야겠다는 생각이 들었다.

"얼마나 대가를 원하는 거지?"

"최대한 많이."

천마의 입꼬리가 서서히 올라갔다.

그런 그를 바라보며 유 부인은 알 수 없는 불안함을 느꼈다.

'대체 무슨 속셈이기에 돈을 요구하는 거지?'

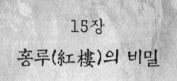

15장
홍루(紅樓)의 비밀

산서성 태원의 도시 외곽에는 수많은 객잔과 홍루가 자리
하고 있었다.

몸을 파는 기생들이 있는 청루나 홍등가와 달리 홍루는 고
급화를 지향한 곳이라 할 수 있었다. 그녀들은 악기, 가무, 시
문 짓기와 같은 재주를 익혀, 뛰어난 교양으로 손님들을 즐겁
게 해주었다.

아름답고 기개가 돋보이는 홍루의 기생들을 보기 위해 수
많은 이가 이곳을 찾곤 한다.

이런 홍루들 중에 유독 유명한 곳이 있었다.

현화연(玄花延).

근래에 들어 많은 홍루가 새로 도입한 사업 제도가 있었다. 그것은 홍루 내에 등급을 나누어 손님을 접대하는 것이었다.

현화연도 이런 사업 제도에 뛰어들어 많은 이익을 남겼다.

다른 홍루나 기루들이 기생들의 품등을 나누어서 재물이나 사회적 지위에 걸맞게 대접했다고 한다면 현화연은 오히려 기생들의 품등과 마찬가지로 손님의 품등을 나누어 버렸다.

일 층의 인(人)급에는 재물을 가진 자.

이 층의 지(地)급에는 문무를 비롯해 교양이 뛰어난 자.

삼 층의 천(天)급에는 현화연의 루주가 인정한 귀한 손님으로 받았다.

대개는 일 층만으로도 화려함이 넘치고, 아름다운 기생들이 술 시중을 들었기에 애써 이 층으로 올라가려는 자는 없었다.

간혹 어설프게 문무에 자신이 있는 이들이 위층으로 올라가려 했지만 망신만 당하고 내려오기 일쑤였기에 쉽게 도전하지 못했다.

하지만 올라가기만 한다면 인급과는 비교도 할 수 없는 고혹적이고 교양을 갖춘 기생들이 시중을 드는 영광을 맞이한다.

현화연의 삼 층 루주의 집무실.

루주의 집무실 문을 누군가 두드렸다.

"루주, 부루주께서 오셨습니다."

"들어와."

실무를 총괄하는 부루주인 약연이 들어왔다.

고풍스러운 노란 비단옷에 화려한 장신구로 꾸민 이십 대 중반으로 보이는 그녀는 부루주라는 직위에 걸맞게 아름다운 외모의 소유자였다.

"루주, 바쁘신 와중에 죄송합니다."

"죄송할 것까지야. 무슨 일이지?"

이 시각의 현화연의 루주, 매선화는 장부를 처리하느라 바빴다.

올해 마흔이라고 믿기 힘들 정도로 젊고 단아한 아름다움을 지닌 그녀는 한때 현화연을 넘어서 태원 최고의 미녀라고 불리기도 했다.

지금은 루주의 위치에 올라 접대나 실무에서 빠지고 경영에 집중하고 있지만 여전히 그 매력은 여느 기생들과는 비교하기 힘들 정도였다.

"재물이 많은 젊은 손님이 왔습니다."

"좋은 소식이네. 재물도 많은데 젊기까지 하고. 그런데 그것만 얘기하려고 집무실까지 온 거야?"

"그 젊은 손님이 이 층으로 오르고 싶다고 합니다."

"이 층? 호오, 그럼 항상 하던 대로 확인 절차를 가지면 되잖아."

약연이 이 층을 언급하자 매선화는 의외라는 표정을 지었다.

지금인 이 층에 손님이 없어서가 아니라 근래에 들어서 도전자가 없었기 때문이었다.

"그 손님이란 게 누구지?"

"그게… 사마세가의 셋째 공자입니다."

"사마세가? 그 배신자의 가문?"

무림에서 사마세가는 말 그대로 배신자의 낙인을 벗어날 수가 없었다.

사파에서 정파로 자연스레 영입되어 들어간 것이 아니라 변절을 했기 때문이었다.

"한데 특이한 것은 본인의 정체를 밝히지 않고 있습니다."

"어째서?"

"홍루에 오는 자들 중에서 신분을 밝히기 꺼려하는 이들이 많으니, 아무래도 소문이 나길 원치 않는 것이 아닐까요?"

"하긴. 혼외 자식이라 사마 가주가 삼 공자를 숨기려고 부단히 노력했으니 그럴 수도 있겠지."

이들은 천마가 신분을 밝히지 않았는데도, 그의 신분을 정확히 파악하고 있었다.

일개 홍루에서 대체 어떻게 이런 것들을 정확히 알 수 있을까.

"적당히 시험해 봐."

"알겠습니다."

약연이 일 층으로 내려갔을 때, 그녀는 상당히 놀랄 수밖에 없었다.

상당한 호가의 고급주가 수십 병이 넘게 탁자에 쌓여 있었던 것이었다.

입에 곰방대를 물고 뻐끔뻐끔 담배 연기를 내뿜고 있는 모습이 가관이었다.

'사마 가주를 비롯해 그 쌍둥이 자식까지 행실이 좋지 않더니, 저자도 마찬가지인가 보군. ⋯⋯응?'

그런데 이상했다.

그의 옆에서 시중을 드는 기생들이 탁자 엎드려 있거나, 취해서 정신을 못 차리고 있었다.

현화연의 기생 대다수는 술에 관한 교육과 훈련을 받는다.

어지간한 경우가 아니고는 취하지도 않거니와 그런 경우가 발생하면 다른 기생들과 교대를 해서 접대를 한다. 그런데.

'이게 무슨 추태야.'

이 짧은 시간에 저리 많은 술을 마셨으니 그리 될 만도 했다.

저 정도의 양이면 굉장한 수익을 낼 수 있을 정도이니, 일 층의 기생들이 욕심을 낼 만도 했지만 부루주인 그녀의 입장에서는 부끄럽기 짝이 없었다.

"인급 기생들의 훈련을 다시 해야겠구나."

"다, 당장 다른 기생들을 대체하겠습니다."

"그만하면 됐다."

그녀의 양옆에서 보조하던 두 기생이 진땀을 흘리며 본인들이 들어가겠다며 나섰지만 그녀가 직접 방 안으로 들어왔다.

"나으리."

"호오, 이번에는 제법 예쁘장한 기생이로군."

"이리 칭찬해 주시니 감읍할 따름입니다."

'말은 가볍게 하고 있지만 뭔가 무겁고 진중한 남자다.'

직접 그와 말을 섞은 약연은 묘한 느낌을 받았다.

약관에 불과한 청년이라고 들었는데, 막상 직접 대면하자 속내를 짐작하기 힘든 노고수를 앞에 둔 느낌이었다.

'뭔가 이상하다.'

입에서 자욱한 담배 연기를 내뿜고 있는 이 남자는 사마영천의 육신을 가진 천마였다.

천마는 오랜만에 몸에 감도는 술기운에 기분이 좋아져 있었다.

술과 담배를 좋아하는 그였는데, 천 년 만에 그것을 동시에 즐기니 주체하지 못하고 마신 것도 있었다.

"저는 현화연의 부루주인 약연이라고 합니다."

그녀를 바라보는 천마의 눈에 이채가 띠었다.

반 시진 전에 위층으로 올라가고 싶다고 언질했었는데, 드디어 높은 직위의 기생이 모습을 드러낸 것이었다.

"나으리께서 이 층으로 오르고 싶다고 하셔서 직접 모시러 왔습니다."

"이 층?"

"아니시옵니까?"

"이거 뭔가 잘못 전달된 듯한데?"

"네?"

천마의 알 수 없는 말에 그녀가 반문했다.

"나는 삼 층에서 이곳 현화연 루주의 접대를 받고 싶다고 했는데. 여기 일 층은 너무 갑갑하고 말이야."

"······!"

천마의 당찬 말에 약연은 순간 말문을 잃고 말았다.

이 층으로 올라가고 싶다는 것도 오랜만이었지만 누군가 루주의 접대를 받고 싶다고 직접적으로 표현한 것은 처음이었다.

'오만방자한 것인가 아니면 무언가 믿는 구석이 있는 것일까?'

현화연은 워낙 소문이 자자했기에 유명 인사들의 방문이 잦았다.

고위 관료들이나 무림의 고위 인사들 중에서 손에 꼽을 정도만이 삼 층으로 오를 수 있었는데, 이 젊은 청년이 대체 무엇을 믿고 이런 말을 하는지 의문이 들 정도였다.

　"나으리, 저희 현화연의 접대에는 나름의 규칙이 있습니다."

　"이 층은 문무의 재능, 삼 층은 루주의 인정을 받은 자라고 하던데."

　"잘 아시는군요."

　약연이 빙긋 웃으며 말했다.

　이에 천마가 코로 연기를 내뿜으며 심드렁한 목소리로 그녀에게 일침을 가했다.

　"그런데 그 기준을 시험해 보려면 적어도 그에 합당하는 능력을 지녀야 하지 않나?"

　"네?"

　부루주를 맡는 동안 이런 식의 반응을 보인 이는 처음이었다.

　접대 규칙은 오랜 세월 동안 현화연의 전통이었고, 손님들 역시도 흥미로 받아들였다.

　물론 지체 높은 이들이 굳이 떼를 써가며 위로 오르려는 경우도 없었다.

　"능력이라 하오면?"

　"이런 것!"

탕!

천마가 탁자를 내려치자 위에 올려 있던 그릇들과 잔들이 위로 떠올랐다.

천마가 팔을 뻗자 그릇들과 잔들이 약연을 향해 빠르게 날아갔다.

갑작스러운 상황임에도 불구하고, 부루주 약연은 침착하게 허리춤에서 연검(軟劍)을 꺼내어 촘촘한 검망(劍鋩)을 만든 뒤, 그것들을 막아냈다.

놀랍게도 현화연의 부루주는 무공을 할 줄 알았다.

그것도 상당한 검술 실력을 지녔다.

"…어떻게 아셨습니까?"

"문(文)은 그렇다 치고 무(武)는 어찌 시험하려고 그랬나?"

라고는 말했지만 천마는 이미 약연이 나타났을 때부터 무공을 익힌 것을 눈치챘다.

그녀는 일반인치고 보폭이 굉장히 일정했다.

그런 일정한 보폭 소리만으로도 보법을 익혔다는 것이 티가 났다.

"하아, 그것만 가지고 그리 추측하셨단 말입니까?"

천마의 대답에 약연이 한숨을 내쉬었다.

그리고 내심으로는 천마가 펼친 기이한 실력에 놀라움을 금치 못했다.

'지금의 사마세가는 무공이 약하기로 유명한데, 어찌 이런 실력을 가진 거지?'

그녀는 자신의 떨리는 손을 뒤로 감췄다.

이 정도의 실력자를 여태 아무도 몰랐다는 것이 이상했다.

'직접 내공을 실은 것도 아닌데, 검으로 막은 내 손이 다 얼얼할 정도라니. 진짜 고수다.'

물건에 단순히 내공을 실어서 던지는 것은 무공을 배운 이라면 누구나 가능하다.

하지만 이런 식의 격산타우(隔山打牛)를 응용한 공격은 적어도 절정 고수 이상이여야 한다.

'최소 절정 고수라는 건데.'

절정 고수라면 상황이 달라진다.

일류 고수 이상만 되어도 이 층을 출입할 수 있다.

무림에서 일류 고수만 되어도 상당한 인정을 받는다. 하물며 절정 고수라 함은 중원에서 대접을 받아 마땅한 실력이었다.

"나으리, 잠시만 기다려 주실 수 있겠습니까?"

"뭐, 조금 더 기다린다고 지루해질 건 없지. 술도 있으니까."

천마가 흔쾌히 응하자, 그녀는 빠른 걸음으로 삼 층의 루주의 집무실로 향했다.

그녀는 자신이 판단할 수 있는 문제가 아니라고 생각했다.

얼마 있지 않아 천마는 기생들의 안내를 받으며 위층으로 올라갈 수 있었다.

재미있는 것은 현화연의 건물은 입 구(口) 자 형태로 가운데엔 계단이 있어, 방문을 열어두고 있으면 다른 사람이 올라가는 것을 볼 수 있다.

"저것 보게. 이 층으로 누군가 올라가네."

"젊어 보이는데?"

"고위 대작의 자제라도 되나 보군."

"엇? 이 층이 아니라 더 위로 가는데?"

"설마… 삼 층?"

화려한 비단 옷을 입고 아름답게 치장한 기생들의 안내를 받으며 이 층을 지나쳐, 곧장 삼 층으로 올라가는 천마의 모습에 일 층에서 술을 마시던 이들의 이목이 그에게로 집중되었다.

삼 층은 일 층과는 비교도 할 수 없는 화려한 방이었다.

마치 주지육림(酒池肉林)을 재현이라도 한 것처럼 꾸며놓은 공간에 천마조차도 내심 놀라워했다.

'놀기 좋은 곳이군.'

본심이었다.

누가 오던 간에 이런 곳에서 대접받는다면 만족할 수밖에 없을 것이다.

'별별 얘기를 다하겠지.'

주지육림에서 아름다운 기생들에게 둘러싸여서 왕과 같은 대접을 받는다면 누가 쉽게 입을 열지 않겠는가.

천마가 이리저리 안을 둘러보던 차에 여섯 명 정도의 아름다운 기생들을 이끌고, 면사에 단아한 옷을 입은 여인이 방으로 들어왔다.

부루주인 약연과는 비교도 할 수 없을 정도로 안정적인 걸음이었다.

'역시 무공을 익혔군.'

"공자께서 미천한 소녀를 찾으셨다고 하셔서 이렇게 뵙습니다."

그녀가 가벼운 묵례와 함께 인사를 건넸다.

"미천할 것까지야."

"그리 말씀해 주시니 감사할 따름입니다."

"감사하면 진짜 루주더러 나오라고 전해라."

천마의 말에 면사의 여인이 멈칫하며 당황스러워했다.

"어째서 소인이 진짜 루주가 아니라고 생각하시는 거죠?"

"루주가 더 약할 리가 없지 않느냐."

"네?"

"맨 뒤에 있는 자주색 옷 입은 계집이 너보다 몇 수는 더 강해 보이는군."

챙!

천마의 말이 끝남과 동시에 면사를 쓴 기생의 양손 소매에
서 단검이 튀어나왔다.

자주색 옷을 입은 기생은 진짜 현화연의 루주, 매선화였다.

다른 이를 앞세워서 천마를 살펴보려 했는데, 단번에 자신
을 짚어내자 흥미가 생긴 그녀는 전음으로 명을 내렸다.

[실력을 시험해 봐, 죽일 각오로.]

"호오, 단검도 쓸 줄 아나?"

"삼 층으로 오셨으니, 실력을 견식해 보겠습니다."

그녀는 빠른 몸놀림으로 천마를 향해 몸을 회전하며 단검
으로 찔러 들어갔다.

단검으로 펼치는 초식이 쾌속하기 짝이 없었으나, 천마는
날카롭게 쇄도하는 단검 초식을 향해 오른팔을 들어 맨손을
내밀었다.

채채채챙!

놀랍게도 천마의 오른손에 닿은 단검은 마치 금속끼리 부딪
친 소리가 났다.

면사의 기생은 당황했는지 눈을 부릅뜨더니 초식의 방향을
틀어서 그의 목으로 단검을 찔러 들어갔다.

"실력을 견식하려는 건지 죽자고 덤비는 건지."

탁!

"헉!"

천마의 목을 꿰뚫으려고 하던 단검은 천마의 두 손가락에 껴서 멈춰질 수밖에 없었다.

면사가 기생이 내공을 끌어 올려 힘을 주려 해도 움직일 수가 없었다.

'무슨 내공이!'

고작 약관으로 보이는 청년이 지닐 만한 내공 수위가 아니었다.

결국 면사의 기생은 실력에서 상대가 안 된다는 것을 받아들여야 했다.

댕강!

천마가 그대로 힘을 주자 그녀의 단검이 부러졌다.

"공자께서는 정말 강하……."

"목숨을 노렸으니, 대가는 치러야지."

휙!

푹!

"컥! 헉… 헉……."

순식간에 부러진 단검 조각이 그녀의 목을 꿰뚫었다.

면사의 기생은 단말마의 비명과 함께 숨이 막힐 듯 호흡을 내뱉다 그대로 바닥에 쓰러져 죽어버렸다.

기분 좋은 향으로 가득했던 방 안이 피비린내로 진동했다.

여자라고 봐주지 않는 잔인한 손속에 기생들의 표정이 싸늘하게 굳어졌다.

매선화 역시 적잖이 당황했는지 순간 말문이 막히고 말았다.

그런 그녀를 정확하게 쳐다보며 천마가 의미심장한 미소를 지으며 말했다.

"그쪽이 현화연의 루주가 맞나?"

"공자는 대체 정체가 뭐죠?"

현화연의 루주, 매선화가 기생들의 사이에서 조심스럽게 앞으로 나서며 물었다.

그녀가 가지고 있는 정보에서 사마세가의 삼 공자는 혼외 자식이었기에 대외적으로 기록될 만한 것이 없었다.

그런데 이런 고강한 무공도 모자라서 잔인한 손속까지 지녔다.

지금까지 알려지지 않은 것이 더 이상할 정도였다.

'사마세가가 정보를 조작할 만큼 훌륭한 조직력을 가지진 않았을 텐데.'

사마세가는 사파에서 정파로 변절한 가문이었다.

그 변절의 이유가 세가가 가진 힘이 미약한 것도 일부 있었다.

"흠, 내 정체를 묻는 것보다, 일개 홍루에서 무공을 익힌 기생들이 있는 것이나 정보를 수집하는 행위를 하는 것이 더 흥미로울 것 같군."

"……!"

'이자가 어찌 그것을 안단 말인가?'

매선화가 표정이 싸늘하게 굳어졌다.

그녀가 손을 들어 수신호를 내리자, 기생들이 치마 속과 허리춤에서 연검을 비롯한 철퇴 같은 온갖 무기들을 꺼내 들었다.

'…치마 속에 저딴 걸 넣어두다니.'

다른 것보다 치마 속에서 철퇴가 나온 것에 내심 놀란 천마였다.

비단옷과 장신구로 치장한 어여쁜 기생들이 흉흉한 무구들을 숨겨놓은 모습이 묘하게 장관이라 할 수 있었다.

"멋지다고 해야 하나? 크큭."

"아름다운 꽃일수록 가시가 많은 법이지요."

"가시라……."

"여유가 있으시군요. 본 루주는 공자께서 무슨 의도로 이곳에 왔는지 알아야겠습니다."

현화연은 태원 최고의 홍루이다.

겉으로 드러나는 면은 고급화된 기생들의 접대를 운영하는 홍루였지만 그 이면에 감춰진 비밀은 무력을 지닌 정보 조직이었다.

매선화를 비롯한 기생들이 민감하게 구는 이유는 이 정보 조직이라는 것이 무림에 알려지지 않았기 때문이었다.

'이자를 제압해야 한다.'

방금 전 삼 공자는 뛰어난 무공 실력을 보여줬지만 아직까지 제압할 여지가 있었다.

삼 층에 있는 기생들은 전부 최소 일류급 이상의 고수였다.

아무리 절정에 이른 고수라고 해도 절정에 근접하는 고수들이 합공을 한다면 상대하기 껄끄럽다.

"꺾인 꽃은 그 가치가 떨어진다지?"

"젊으신 분이 입담도 세시군요. 쳐라!"

그녀의 외침과 동시에 기생들의 협공이 시작되었다.

기생들은 제각각 다른 무기를 들고 있었으나, 많이 합을 맞춰봤는지 절묘하게 서로 다른 곳을 공격해 들어왔다.

위험한 찰나의 순간임에도 불구하고, 천마의 표정은 느긋하다 못해 여유로웠다.

"합공의 단점이 뭔 줄 아나?"

놀라운 일이 발생했다.

천마가 부드럽게 손을 펴서 장법을 펼치자, 놀랍게도 요혈을 공격하던 기생들의 무기가 강한 자력에 끌리듯이 힘을 잃고 가운데로 빨려 들어왔다.

"아앗!"

"거, 검이!"

현천유장(玄天柳掌)의 행유승천(行柳昇天)이라는 초식이었다.

천마가 즐겨하는 초식으로 장결로 상대의 힘을 이용해 허공으로 흘리는 방어적인 초식이다.

챙! 챙! 탕!

부드러운 장결에 무구가 이끌리고 천마가 그대로 손을 들어 올리자 무구들이 그녀들의 손에서 벗어나 차례로 천장에 꽂혔다.

"성공하면 다행이지만 실패하면 한순간에 끝이지. 협공이란."

'이… 이자는 절정 고수가 아니야. 초절정의 고수!'

매선화는 자신이 오판했다는 것을 알 수 있었다.

한 초식 만에 상황을 반전시킬 만한 고수였던 것이었다.

"무림인으로서 목숨은 걸었겠지?"

천마의 살기 어린 말에 기생들의 얼굴이 창백하게 굳어졌다.

보통의 남자들은 아름다운 여인에게 일순간 마음이 약해지곤 한다.

'이자는 감정이 메말랐단 말인가?'

하나 삼 공자는 여인이라고 전혀 봐주는 것이 없었다.

오히려 앞서 일말의 망설임도 없이 면사의 기생의 목을 뚫어 죽이는 것을 목격했으니 겁이 날 만도 했다.

"머, 멈추세요!"

매선화가 다급한 목소리로 외치며 천마의 앞을 가로막았다.

"뭘 믿고 멈추라는 거지?"

"당신의 정체가 무엇인지 모르나, 분명 목적이 있어서 온 것이 아닌가요?"

"호오라."

협상의 의지가 있다는 것을 내포하는 그녀의 말에 천마의 입꼬리가 위로 올라갔다.

매선화는 눈에 그런 천마의 표정이 정확하게 각인되었다.

'이… 자? 설마 이런 상황을 의도한 거란 말인가?'

"일단 여긴 시끄러우니 조용한 곳에서 이야기하도록 하지."

"…알겠습니다."

결국 천마가 의도한 상황대로 흘러가게 되었다.

그들은 루주의 집무실로 이동했다.

집무실은 방음 처리가 잘되어 있어서 생각보다 조용했다.

휘하의 기생들이 독대로 대면하는 것을 반대했으나, 그녀가 완강히 다른 이들을 나가게 했다. 천마 역시도 혹시나 했지만 방에서 다른 기척이 느껴지진 않았다.

문이 닫히고 단둘만 남게 되었을 때, 매선화가 입을 열었다.

"이제 제대로 얘기해 볼까요."

"바라던 바다."

천마는 애초부터 현화연의 루주를 만나기 위해 이곳에 왔다.

강제로 집무실로 올라가는 방법도 있었지만 마교도 적의 손에 넘어간 지금으로서는 이목이 많은 곳에서는 소란을 자제하는 편이 좋았다.

유 부인을 통해 많은 재물을 확보한 것도 그런 이유였다.

"당신 정체가 뭐예요?"

"아까 전에 본인들이 알아보지 않았나? 사마세⋯⋯."

"공자께서는 저를 가벼이 보시는군요. 사마세가의 삼 공자 따위가 당신같이 고강한 무공을 지녔을 리가 없잖아요!"

"편견이 심하군."

"편견이라, 하! 사마세가는 한때 도(刀)법으로 유명한 가문입니다. 당신의 무공을 전부 견식하지 않았지만. 그건 분명 장법이었어요. 그것도 무림에서 보기 드문 절세의 무공이에요!"

초식에 이화접목의 도리에서부터 부드러움과 강함이 섞인

절세의 장법.

그것을 펼친 자가 사마세가의 삼 공자라고 믿을 수가 없었다.

천마는 흥미롭다는 표정으로 그녀의 말을 듣고 있었다.

"그래서 결론은?"

"인피면구를 쓴 다른 자이거나 아니면……."

"아니면?"

인피면구 이외에 설명할 길이 없던 차에 매선화의 눈에 문득 천마의 붉은 눈이 비쳤다.

기분 나쁠 정도로 핏빛을 띠는 눈을 보는 순간 그녀의 동공이 심하게 흔들렸다.

"붉은 눈……? 당신 설마!"

슉!

팍!

그녀는 자신의 말이 끝나기도 전에 순식간에 천마의 가슴에 단검을 날렸다.

굉장히 가까운 거리에서 던졌음에도 불구하고 천마는 그것을 쉽게 잡아냈다.

그것이 끝이 아니었다.

파팍!

그녀가 탁자를 뛰어넘어 천마에게 발차기를 날렸다.

쾌속하고 현란한 퇴법에 여태까지와 달리 천마조차도 제대로 응수해야 했다.

파파파곽!

초식과 초식이 부딪치자 찢어질 것 같은 소음이 발생했다.

현천유장은 부드러운 반면에 매선화의 퇴법은 폭풍처럼 몰아치고 있었다.

'이걸… 막았어?'

놀라는 것도 잠시, 매선화가 곧바로 탁자 위에서 몸을 회전시키며 다른 초식을 이어갔다.

그녀의 기가 실린 발차기가 수많은 퇴영(腿影)을 만들며 천마를 놀렸다.

'이건… 마풍퇴법?'

천마의 눈에 이채가 띠었다.

매선화가 펼치고 있는 무공은 마교의 장로급 이상이 익힐 수 있는 마풍퇴법이었다.

일개 홍루의 루주가 어째서 마교의 무공을 알고 있는 것일까?

'오랜만에 보는군.'

천 년이 지난 지금 마교에는 새로운 무공이 많아졌지만 상위 무공의 대다수는 여전히 천마가 만든 것이었다. 그녀의 무공을 보니 문득 잊고 있었던 옛 기억들이 떠올랐다.

'호오, 제법 가다듬어졌는걸.'

마풍퇴법은 총 팔 초식으로 이루어져 있다.

퇴법 팔 초식의 연환이 변화를 꾀함으로써 폭풍 같은 초식으로 승화한다.

그런데 지금 매선화가 펼치는 초식들 중에 천마가 처음 보는 초식이 간간히 섞여 있었다.

'사 초식이 더 만들어졌군.'

만약 그녀가 들었다면 놀랐을 것이다.

왜냐하면 매선화가 이 새로운 사 초식을 만든 장본인이었기 때문이었다.

새로운 초식들이라고는 하나 마풍퇴법의 초의에서 크게 벗어나지 않았기에 그것을 파악하는 것은 그리 어렵지 않았다.

'이상하다. 이 남자, 마치 내 초식을 전부 꾀고 있는 것 같아.'

비밀스러운 정보 조직의 수장이라고는 하나, 그녀는 무공의 절정 고수였다.

스스로에 대한 실력을 자부하고 있었는데, 눈앞의 남자에게 전혀 통하지 않았다.

더군다나 이 남자는 불과 몇 초식 만에 마풍퇴법의 약점을 정확하게 파악하고 있었다.

잠시 방심하면 어느새 자신의 요혈로 천마의 일수가 노리고 들어왔다.

'이대론 안 돼!'

밑에 손님들의 이목을 생각해서 위력이 큰 초식은 피했지만 이대로 간다면 그녀 자신이 당할 것 같았다.

결국 그녀는 집무실의 바닥이 부서지든 말든 천마를 죽일 기세로 전력을 다해 공격했다.

"크큭, 좋은 선택인데, 이제 질려서 말이지."

탁!

"윽!"

왼손으로 부드럽게 펼쳐지던 현천유장 사이로 천마의 오른손이 그녀의 발목을 낚아챘다.

퇴법을 펼치던 도중에 발목을 잡히자, 그녀가 반대 발을 차서 빠져나가려 했다.

"어딜!"

으드득!

"꺄아아아아아악!"

그녀의 입에서 고막이 찢어질 것 같은 비명이 튀어나왔다.

천마가 오른손에 힘을 주자, 매선화의 발목이 그대로 꺾여서 부러져 버리고 만 것이었다.

비명을 지르는 매선화의 혈도를 순식간에 천마가 제압했다.

타타타탁!

혈도가 찍힌 매선화는 내공의 순환이 막히면서 움직일 수가 없었다.

'이… 이런… 괴물 같은 놈!'

발목이 부러지는 바람에 고통스러운 그녀는 핏줄이 선 눈으로 천마를 노려보았다.

천마가 고개를 절레절레 흔들며 그녀를 탁자에 앉혔다.

"다짜고짜 발차기를 날리니 그리 되지."

"으득, 절 어쩔 생각이죠?"

분했는지 그녀가 아랫입술을 깨물며 물었다.

그런 그녀를 보며 천마가 흥미롭다는 표정으로 빙긋 웃더니 답했다.

"죽일 생각은 없으니까 안심해라, 현화 단주."

"……!"

현화 단주라는 말에 매선화가 눈을 동그랗게 떴다.

그것은 현화연의 루주라는 겉에 숨겨진 그녀의 진정한 정체였다.

"다… 당신이 그걸 어떻게?"

"내가 어떻게 아느냐고? 크큭!"

천마가 뒷짐을 지고는 집무실의 한쪽 벽면을 향해 걸어갔다.

그리고 벽면을 향해 공력이 실린 검지로 글씨를 쓰기 시작했다.

벽이 패며 선명한 네 글자가 그녀의 눈에 들어왔다.

'천(天)··· 마(魔)··· 신(神)··· 교(敎)!'

그녀는 경악스러운 표정을 지으며 천마를 멍하게 쳐다보았다.

천마가 그런 그녀를 향해 천천히 걸어왔다.

매선화는 믿을 수 없다는 표정을 지으며 떨리는 목소리로
말했다.

"그, 그럴 리가! 교, 교주님은 얼마 전 신교의 내전으로 돌아
가셨어요. 다, 당신은 대체 누구입니까? 서··· 설마 소교주님입
니까?"

놀랍게도 그녀는 마교의 상황을 소상히 알고 있었다.

그런 매선화의 제압했던 혈도를 풀어주며 천마가 조용한
목소리로 말했다.

"내가 그 멍청한 혈손인줄 아느냐."

"혈손? 당신은 대체?"

"나는 신교 그 자체이다."

"신교 그 자체라뇨? 신교··· 그 자체······? 어··· 어찌 이런 일
이!"

그녀의 동공이 심하게 흔들렸다.

손발이 떨리고 안절부절 당황해서 어찌할 바를 몰라했다.

순간 그녀는 자리에서 벌떡 일어나더니, 부러진 다리를 개

의치 않고 오체투지를 하며 외쳤다.

"신교의 미천한 교인, 현화단의 단주, 매선화가 천마 조사님을 배알합니다!"

마교의 교주 직속 비밀 정보 조직 현화단의 단주, 매선화가 마교의 조사를 배알했다.

지금까지의 감정은 싹 사라지고, 그녀의 눈에는 오직 감격만이 가득했다.


사태는 그렇게 진정되었다.

발목에 응급처치를 마친 그녀와 천마의 대화가 시작되었다.

마교를 세운 조사를 배알한 매선화의 태도는 아까의 모습은 떠올리기 힘들 정도로 정성이 담겨 있었다.

천마는 자신의 부활한 것을 어떤 식으로 알려야 하나 고민을 했었는데, 다행스럽게도 그것은 해결되었다.

매선화는 천마의 부활 의식이 있었다는 것을 알고 있었다.

교주가 의식불명의 상태였기 때문에 소교주의 안위 문제로 현화단의 단원들이 일부 따라다니며 상황을 지켜보고 있었던 것이다.

"저희는 의식이 실패한 걸로 알고 있었습니다."

"실패했지. 보잘것없는 이딴 몸에 들어왔으니."

천마의 입장에서는 천양지체 이외에는 어떠한 육신도 만족스럽지 않았다.

더군다나 사마세가의 삼 공자의 몸에 처음 들어왔을 때는 팔이 잘려 있고 완전히 엉망인 상태였기도 했으니 말이다.

"그래도 불행 중 다행입니다."

매선화는 너무도 기뻤다.

천 년이라는 유구한 세월의 전통을 가진 마교의 명운이 이렇게 끝나는 것일까 걱정을 했었다.

그녀가 단주로 있는 현화연은 역대 교주들만이 아는 마교 내의 비밀 조직이다.

만약 정통성을 지닌 천마의 혈손들이 전부 죽게 된다면 조직의 존립 자체의 의미를 잃어버리는 것이었다.

"조사께서 저희를 기억해 주시다니 감읍할 따름입니다."

"천 년 동안 용케 유지했구나."

천마 역시도 반신반의한 상태로 현화연을 찾았었다.

천 년 전, 천마는 마교를 세웠지만 후손들이 천마의 기준에서 만족스러울 만큼 뛰어나지 않았기에 사후를 걱정했다.

'혹시 해서 만든 것이 이런 식으로 도움이 될 줄이야, 크큭.'

결국 그는 훗날의 교주들을 위해서 교주 직속의 비밀 조직들을 만들었다.

너무 긴 세월이 지나 확신하지 못했지만 마교도 여전히 존재하는데 비밀 조직이 없어지지 않았을 것이라고 굳게 믿었었다.

"저희는 항상 신교의 그림자로 기다려 왔습니다."

"여휘는, 아니, 소교주 녀석은 어떻게 되었지?"

아무리 답답하고 멍청해 보여도 천마에게 있어서는 혈손이었다.

물론 천양지체의 육신을 가진 혈손이다.

"솔직히 말씀드리면 내전 당시에 교내에 있는 조직원들이 전부 정리되어서 알 수가 없습니다. 마지막으로 수신된 정보에는 내전이 벌어졌다는 내용이 적혀 있었습니다."

교주 직속 정보 조직인 현화단 역시도 이런 사태가 벌어질 것이라고는 상상도 하지 못했다.

현화단이 판단한 부교주는 무서울 정도로 신중한 자였다.

그런 자가 갑작스럽게 내전을 일으킨 것에는 계기가 있을 것이라 판단했다.

"아무래도 조사님을 부활시키려했던 계획이 부교주의 경각심을 일으킨 것 같습니다."

"경각심이라… 과연 그럴까?"

"네?"

천마 역시도 부교주에 관해서 같은 판단을 했었다.

하지만 경각심만으로 움직였다고 보기에는 너무 서둘렀다.

당장에 마교의 본 단을 제압했다고 해도 중원에 흩어져 있는 교인들이 많았다.

"그런데 아까 전에 내 눈을 보고 뭔가를 아는 듯했는데."

문득 천마는 매선화가 자신의 눈을 바라보며 놀라워했던 것이 떠올랐다.

정보 조직인 만큼 무언가를 알고 있는 것 같았다.

이에 매선화가 조심스러운 목소리로 천마에게 물었다.

"…그렇지 않아도 조사님께 여쭤보고 싶었습니다."

"무엇을 말이냐?"

"조사님의 붉은 존안(尊眼)이… 혹시 금지된 주술로 인한 혼적인 것입니까?"

이에 천마가 고개를 끄덕였다.

그러자 매선화가 상당히 심각해진 표정을 지으며 답했다.

"조사님, 제가 아까 전에 실례를 무릅썼던 것은 근 한 달 사이에 태원을 비롯한 북무림의 신교의 지부들이 습격을 받았기 때문입니다."

"습격?"

"정파 무림맹이 아무리 강하다고 해도 저희를 완전히 굴복시킬 수 없었던 것은 중원 전체에 신교의 지부들이 있기 때문입니다."

부활한 천마는 십만대산의 본 단에 관해서는 알아도 지부를 알지는 못한다.

마교는 무림의 방파이기도 했지만 종교적인 성격을 지니고 있어, 중원 전체로 마교의 교리를 퍼뜨리기 위한 활동을 한다.

그렇기에 중원 사방 곳곳에 지부들이 자리 잡고 있었다.

"아직까지 다른 지역의 지부들은 공격당하지 않았지만 북무림에 자리하고 있는 교의 지부들은 전부 괴멸되었습니다."

"괴멸?"

"한 명도 살아남지 못했습니다."

"…검문인 것이냐?"

"정파 무림맹에서 정보를 차단하고 있기에 그걸 알 수 없습니다."

현화단에서 갖은 방면으로 손을 써보려 했지만 항상 정보가 차단되기 일쑤였다.

마교의 지부가 괴멸당한 곳으로 가면 이상할 정도로 목격자를 발견할 수가 없었다.

확보해 둔 목격자들도 피살당하는 등 철저하게 통제당하고 있었다.

"그러나 저희가 한 가지 알아낸 사실이 있습니다."

"그게 뭐지?"

"괴멸된 지부에서 천운으로 살아남은 자가 있었습니다. 물론 얼마 있지 않아 죽었지만……."

"검문이 아니면 대체 누구라는 거지?"

"살아남았던 지부원은 죽기 전까지도 같은 말만을 반복했습니다. 붉은 눈의 괴물을 보았다고."

단 한 사람만이 지옥 같은 현장에 살아남았었다.

그 지부원은 죽기 전까지도 공포에 질린 눈으로 '붉은 눈의 괴물'만을 되뇌다 숨을 거뒀다.

붉은 눈의 괴물이라는 말에 천마의 얼굴이 싸늘하게 굳었다.

'역시 천마신교 외에도 다른 사본이 있는 건가.'

사타를 비롯해 벌써 두 번째 붉은 눈에 관해서 언급이 되었다. 이제는 천마신교에만 금지된 부활 의식의 주술이 적힌 책이 있다고 확신할 수 없었다.

결국 천마 이외에도 현세에 부활한 자가 있다는 의미였다.

더군다나.

'놈은… 나보다 훨씬 빨리 부활했어.'

16장
괴의를 얻다

일주일째, 세가로 돌아오지 않는 삼 공자로 인해 사마세가의 분위기는 심상치 않았다.

그저 알려진 바로는 유 부인에게 재물을 받아간 후로 모습을 드러내지 않았다.

사마 가주를 비롯한 가신들은 불안해지기 시작했다.

만약에 삼 공자가 이대로 잠적해 버린다면 치료 중인 첫째 공자 사마갈이 정파 무림맹의 중원 일통 전쟁에 차출될 확률이 높아진다.

불안해하는 사마세가의 사람들 외에도 삼 공자의 잠적에

답답해하는 이가 있었다.

'망할 놈, 귀띔조차 주지도 않고 사라지다니.'

사타는 사마 가주에게 약속한 바가 있어서, 이러지도 저러지도 못하고 꼼짝없이 쌍둥이 공자의 치료를 위해 매일같이 세가를 방문하고 있었다.

"사타 선생님."

"켈켈, 말씀하시지요, 부인."

"제 아들들의 팔 접합을 최대한 천천히 해주실 수 있겠습니까?"

유 부인의 영문 모를 부탁에 사타는 의아했지만 서두를 수 없는 현재의 상황을 말해주었다.

"어차피 공자들에게 맞는 팔을 찾으려면 상당한 시일이 걸릴 겁니다."

"그렇다면 다행이군요."

천마가 북호투황의 팔의 접합을 성공했던 것은 천운이라고 할 수 있었다.

며칠째 사타는 쌍둥이 공자에게 접합이 가능한 팔을 찾아보려 했으나, 혈액이 맞지 않아 힘들었다.

더군다나 생사람의 팔을 잘라서 할 수는 없는 노릇이었고, 시체가 원할 때마다 생길 리도 만무했다.

'이걸 얘기했다간 정말로 생사람의 팔을 자르겠지.'

정파로 전향했다고 해도 근본 성향 자체가 사파였다.

무슨 짓을 저지를지 몰랐다.

"마님!"

"무슨 일이느냐?"

바로 그때, 밖에서 시녀 계향이 들어와 유 부인의 귀에 대고 뭔가를 전달했다.

그러자 유 부인이 탐탁지 않아 하면서도 깊은 안도의 한숨을 쉬는 것이 아닌가.

다른 것은 몰라도 눈치 하나는 기가 막히게 좋은 사타였다.

'이놈이 드디어 돌아왔구나. 그런데 왜 저렇게 안도하는 거지?'

아직까지 정파 무림맹에서 각 문파의 후계자들을 차출하는 것에 대해 잘 모르고 있는 사타였다. 그렇기에 유 부인의 안도하는 감정을 이해할 수 없었다.

진료를 마친 사타는 곧장 천마가 기거하는 외채로 향했다.

"망할 녀석, 갑자기 사라졌던 건 뭐야. 엇?"

외채로 달려간 사타는 건물 밖에서 들어가지 못하고 서성이는 인물을 발견했다.

그는 다름 아닌 사마세가의 가주, 사마염이었다.

"사마 가주가 아니시오?"

"사타 선생!"

안채에서 두 아들을 치료 중인 사타가 외채로 왔으니 의아해할 만도 했다.

사마염은 아무래도 외채로 와서 삼 공자를 만날지 말지 고민하느라 서성이는 것 같았다.

"켈켈, 안으로 드시지 않을 것이오?"

"휴우."

사마염이 긴 한숨을 내쉬었다.

부상을 입기 전의 사마영천의 방이라면 거리낌 없이 방문했을 것이다.

하지만 일주일 전, 검하칠위 중 한 명인 문율과 손속을 나누는 것을 보고 나니 왠지 모르게 위축되었다.

'그것만이 아니야.'

더군다나 사마영천이 자리를 비우는 날을 기점으로 육필흠 장로가 행방불명이 되었다.

육장로를 찾기 위해 사람을 동원했으나, 마치 허공으로 증발이라도 해버린 것처럼 아무런 흔적조차 발견할 수 없었다.

놀라운 것은 이 일이 벌어진 것에 대해 모두가 단 한 사람을 의심했다.

그러나 아무도 그것을 제대로 공론화하지 못했다.

사타와의 내기로 인해 삼 공자에 대한 사마세가의 입지가 정말로 뒤바뀌고 말았다.

"전달할 것도 있고 한데, 망설여지는군요."

사마염이 힘없는 목소리로 말했다.

그의 눈빛만 보아도 두려워하는 것이 느껴질 정도였다.

'무서운 놈이다. 불과 며칠 만에 가주조차 두려워하게 만들었다.'

그렇게 생각하면서도 충분히 그럴 수도 있다고 여겼다.

사타 본인도 여전히 천마를 보면 두렵다.

정말 두려운 것은 무서워서라기보다는 무슨 행동을 할지 전혀 짐작하기 힘들다는 점이었다.

"혹 사타 선생, 제 아들을 치료하면서……."

"치료하면서?"

"그 아이가 뭔가 달라진 것이 없었습니까?"

아무리 혼외 자식이라고는 하지만 자식은 자식이다.

사마염이 알고 있던 사마영천과는 전혀 다른 사람이 되었다.

가장 이해하기 힘든 것은 폭발적으로 상승한 무공 실력이었다. 단전이 폐해졌던 자가 갑자기 내공을 회복한 것도 모자라서 기연이라도 얻은 것처럼 강해졌다.

"켈켈, 그것에 관해 얘기할게 있소."

"역시 뭔가 있군요?"

사타는 본인의 선에서 해결해야겠다는 생각이 들었다.

분명 천마는 사마 가주를 상대로 거짓말을 하거나 맞춰줄 생각 따위 전혀 없을 것이다.

'귀찮은 놈이야, 켈켈. 이 노부에게 감사해야 할 것이야.'

이런 것을 보면 사타 역시도 오지랖이 넓은 것은 확실했다.

"그것이 치료 과정에서 부작용이 있었소."

"부작용이요?"

"삼 공자의 내공이 회복된 것은 아시지 않소?"

"흠흠, 그… 렇지요."

회복된 정도를 넘어선 것이 문제였다.

화경의 고수와 일장을 맞부딪쳐서 쉽게 지지 않을 정도면 그에 육박하거나 초절정 고수라는 말인데, 그 정도의 내력이라면 일 갑자를 훨씬 상회한다.

"그런데 너무 많은 영약을 복용했소이다."

"영약을 복용한 것이 무슨 문제란 말입니까?"

"문제가 어찌 아닐 수 있소. 좋은 약도 맞지 않으면 독이 되는 법이고. 영약이 과하면 부작용이 있는 법이오."

"그렇다면 그 부작용이란 말씀입니까?"

"영약의 기운이 원채 강하다 보니, 그 영기가 골수에 미쳐 기억도 뒤죽박죽 되어버렸고… 심지어 정신적으로 이상 상태가 되어버린 것이오."

"정신적 이상 상태가 뭡니까?"

"켈켈, 흔히 미쳤다는 말이올시다."

"허어… 어찌 그런 일이."

사타의 말 한마디에 천마는 그저 영약의 부작용으로 미친 사람이 되어버렸다.

그러나 덕분에 사마염을 납득시킬 수는 있었다.

다른 사람도 아니고, 중원 이대 의원 중 한 명인 괴의 사타가 한 말이었다.

어려운 의술 용어까지 들먹이면서 말하니 납득하지 않을 수가 없었다.

"그럼 녀석은 어찌 되는 겁니까? 괜찮아지는 겁니까?"

"일단 계속해서 치료 중이나, 어찌 될지는 모르겠소이다. 그래도 차츰 호전하지 않을까 싶소."

사타의 말에 사마염이 인상을 썼다.

뭔가 변한 것 같다고 생각을 했는데, 소문대로 미쳐서 기억에 이상이 생겼다고 한다.

그것을 확인하고 나니, 무림맹에 차출되는 상황인데 굳이 치료를 받을 필요가 있을까 하는 생각이 들었다.

'무공이 이리 뛰어난데, 차출되어서 전쟁에 동원된다고 한다면 분명 연경이가 걸림돌이 될 것이다.'

사마염은 세가 내의 상황을 정확히 꿰뚫어보고 있었다.

그의 말대로 진짜 사마영천이라면 여동생인 사마연경 때문에 무림맹의 차출을 거부할 확률이 높았다.

심지어 이젠 세가 내에서 건드릴 수 있는 실력자도 없으니, 어찌할 수도 없다.

'차라리 반쯤 미친 상태가 나아.'

마음의 결정을 한 사마염이 간사한 미소를 지으며 말했다.

"사타 선생, 잘 생각해 보니 셋째 녀석도 물론 치료해야 하지만 사실 그리 급한 건 아닌 것 같습니다. 첫째와 둘째의 용태가 그리 좋아 보이지 않으니, 당분간은 두 아이를 신경 써줬으면 합니다."

사마염의 말에 사타는 내심 걸렸구나 싶어 쾌재를 불렀지만 내색을 하진 않았다.

"허어, 물론 그렇기는 하나."

"일단은 급한 불부터 꺼야 하지 않겠습니까."

"켈켈, 사마 가주의 뜻이 정녕 그렇다 하니."

사타는 못 이기는 척 알겠다는 식으로 대답했다.

괴의라는 별호가 붙은 만큼 사타 특유의 제멋대로인 성정을 잘 아는 사마염이었기에 누차 강조를 했다.

원하는 대답을 들은 사마염은 안도하는 표정으로 몸을 돌렸다.

"사마 가주! 아까 삼 공자에게 뭔가 할 말이 있다고 하지 않았소?"

"아아, 그랬지요. 혹시 사타께서 대신 말해주실 수 있겠습니까? 그렇지 않아도 혼란스러울 텐데, 제가 가면 더 그리되지 않을까 심려되는군요."

"허어… 그런가?"

저도 모르게 사마염은 미처 원래의 목적을 잊을 뻔했다.

그러나 막상 무림맹의 차출 내용을 직접 전달하자니, 반쯤 미쳤다고 하는 사마영천이 어떤 반응을 보일지 겁이 났다.

그래서 아들을 걱정하는 척 사타에게 부탁을 했다.

'정말 모난 인간의 표본이구나.'

사타는 이 사마염이라는 인간에 대해서 볼 때마다 대단하다 여겼다.

거칠고 험난한 무림에서 살아남기 위한 소인배의 발버둥이라는 생각마저 들었다.

"무엇을 전달하면 되겠나?"

"그것은……."

사마염이 전달할 내용을 전음으로 알려주었다.

전음을 듣는 사타의 표정이 묘하게 바뀌어갔다.

'허어, 그래서 그랬던 건가.'

사타는 어째서 사마세가의 사람들이 사라진 천마의 행방을 찾고 있었는지, 그리고 두 아들의 치료를 최대한 늦춰달라고 했던 이유까지 이해할 수 있게 되었다.

전음을 마친 사마염은 잘 부탁한다는 말과 함께 외채에서

떠났다.

'미친 거랑 별개로 얘기하길 꺼려할 만도 하구만.'

천마의 성격상 분명 난리가 났을 것이다.

어찌 보면 사마염은 본능적으로 그것을 느낀 것일지도 몰랐다.

'이놈, 왠지 이 노부에게 난리 치는 거 아냐?'

불안한 마음으로 사타가 외채 방으로 갔을 때, 놀랍게도 천마는 그를 기다리고 있었다.

평소처럼 곰방대를 물고 담배를 뻑뻑 피우면서 태평스러운 얼굴로 말했다.

"늙은이, 늦었군."

"허어, 내가 자네에게로 바로 올 거라 예상한 겐가?"

"쓸데없이 좋아하지 마라, 늙은이."

사타는 저도 모르게 입까지 벌리며 웃고 있었다.

거의 없는 사람 취급을 하던 놈이 자신을 기다리고 있었다니 왠지 모르게 희열을 느꼈다.

"켈켈, 역시 자네도 이 노부가 필요하다는 것을 아는구면."

"쓸데없는 소리 지껄이지 말고."

"크흠."

머쓱해진 사타가 헛기침을 해댔다.

속으로 기분이 흥해져서 눈앞의 인간을 방심했던 자신을

탓했다.

그런 사타에게 천마가 뭔가를 던졌다.

그것은 서찰 봉투였다.

"이게 뭔가?"

"뜯지 마라."

받자마자 서찰의 봉투를 뜯어서 내용물을 확인해 보려고 했던 사타는 천마의 경고성에 멈칫했다.

천마가 사뭇 진지해진 목소리로 사타에게 말했다.

"늙은이, 복수를 원한다고 했나?"

"뭣?"

갑작스러운 질문에 사타는 순간 자신의 귀를 의심했다.

대체 무슨 의도로 묻는 것인지 의심이 갔다.

'이놈이 이런 놈이 아닌데.'

사타는 특별히 천마에게 많은 것을 바라지 않았다.

만약 처음부터 은원 관계를 중시하는 성격이라면 사타 역시도 빚을 들먹였을 것이다.

그런데 이놈은 이용하려 들면 기가 막히게 눈치챘다.

"어이, 복수를 원하는가 물었다."

"켈켈, 그때 자네에게 얘기하지 않았나."

"늙은이, 나는 누군가 나를 이용하는 것을 좋아하지 않는다."

'안다, 이놈아.'

"그리고 나는 타인의 부탁, 명령 따위는 듣지 않는다."

'안다고, 이놈아.'

굳이 입 밖으로 내지 않아도 그런 유형의 인간이라는 것은 충분히 보여줬다.

대체 무슨 말을 하고 싶어서 이러는 것인지 불안해지는 사타였다.

"늙은이, 네게 선택권을 주지."

"선택권? 그건 무슨 소린가?"

"나는 나의 적을 절대 용서하지 않는다! 놈이 가진 모든 것과 일족 전체를 파멸시켜야 직성이 풀리는 남자다."

천 년 전, 어느 누구도 천마를 적으로 삼고 살아 숨 쉰 자는 존재하지 않았다.

그 옛날 무림인들이 천마를 두려워했던 이유는 그에게 자비라는 것이 없었기 때문이었다.

적뿐만이 아니라 그 혈족 전체를 멸망시킬 만큼, 후환조차 남기지 않는 것이 천마라는 인간이었다.

물론 예외적으로 호적수인 검선이 있기는 했으나, 그는 적이라고 말하기 애매모호했다.

지금에 와서는 검선의 후인들이 천마를 분노케 했지만 말이다.

'크윽, 이놈은 흥분하면 살기를 주체하지 못해서 탈이야.'

내뿜는 수준은 아니었지만 천마가 은연중에 발산하는 살기에 사타는 온몸의 털이 삐죽삐죽 서는 것 같았다.

"이보게 살기를 좀 조절해 주게."

"흠."

살기를 회수하는 것은 빨랐다.

언제 그랬냐는 듯이 사타를 괴롭히던 살기가 사라졌다.

천마가 입꼬리를 올리며 조금은 부드러워진 목소리로 말했다.

"내 사람의 적이라면 그 역시 나의 적이다."

사타가 눈을 동그랗게 뜨며 이해할 수 없다는 표정으로 물었다.

"지금 자네 무슨 말을… 하는 겐가?"

"나의 사람이 되라고 말하는 거다, 괴의 사타."

'이… 이놈?'

사타는 묘한 충격을 받았다.

지금까지와는 전혀 다른 양상의 충격이었다.

여태까지 사타는 천마를 치료하는 과정에서 그와 대화를 하면서 이상할 정도로 타인과 다르다고 느꼈지만 그저 잔인한 성정에 제멋대로라고만 여겼었다.

'이놈이 뭔가 다르다고 여겼었는데……'

그것은 타고난 본질이었다.

군주, 제왕, 패왕만이 지닐 수 있는 위엄과 기세라는 것이 있다.

이는 군림하는 자가 가지는 본질이었던 것이다.

이것을 깨닫고 나니, 사타는 이 눈앞에 있는 남자에 대해서 대단한 착각을 했다고 여겼다.

'노부가… 아니, 내가 착각했구나. 이놈은 그 괴물 놈과 달라.'

그때 보았던 붉은 눈의 괴물이 홀로 독주하는 재앙과도 같다면 눈앞의 남자는 패도를 걷는 자였다.

'켈켈, 정말 당혹스럽구나. 다 늙은 나이에… 이런 떨림이란 게.'

처음엔 이용하려는 대상이었다.

그런데 시간이 지날수록 자신도 모르게 이 남자를 조금씩 돕고 있었다.

그저 원활한 계획대로 움직이게 하기 위한 자신의 오지랖이라 여겼었다.

'하아, 그게 아니었구나, 아니었어. 이 노부가… 이놈의 패도에 끌렸던 것이었나.'

새삼 손이 떨릴 만큼 흥분이 몰려왔다.

"어이, 사타."

여태 계속해서 늙은이라 불리다 이름을 부르니 이상해질 정도로 기분이 좋아졌다.

천마는 흥분의 도가니에 빠진 사타를 재촉하듯이 말했다.

"나는 생각할 시간 따위를 주지 않는다. 나의 사람이 될 거라면 그 봉투를 뜯어도 좋을 것이고, 그렇지 않다면 당장 찢어라."

사타가 봉투를 스윽 내려다보더니 떨리는 목소리로 물었다.

"정말… 정말… 자네를 따른다면 그리 해줄 수 있는 겐가?"

사타는 확인하고 싶었다.

"흥, 같은 말을 번복시키는군, 늙은이가."

천마가 콧방귀를 뀌며 귀찮다는 표정과 함께 곰방대를 쭈욱 들이켜며 긴 연기를 내뿜었다.

자욱한 담배 연기가 방 안을 가득 메우고 있었다.

이상하게도 사타에게는 이놈이 괜히 쑥스러워하는 듯한 모습처럼 보였다.

'하긴, 이놈 성격에 이 정도까지 얘기한 것도……'

그때.

"내 사람의 적이라면 내게도 적이다."

생애 처음으로 알 수 없는 뜨거운 무언가가 사타의 가슴을 타고 올라왔다.

사타가 천마의 앞에 무릎을 꿇었다.

"이… 노부의 남은 생을 자네를 위해 쓸 수 있게 해주게."

천마가 회심의 미소를 지으며 고개를 끄덕였다.

이에 사타는 다 늙어서 주책이라고 생각하며 뜨거운 눈물을 흘렸다.

$*$        $*$        $*$

불과 삼 일 전, 현화연의 지하에 숨겨진 회의실.

회의실 벽면은 온통 중원 무림의 지도를 비롯해 수많은 정보가 기록된 서류로 가득 메우고 있었다.

천마의 입장에서 굉장히 불쾌한 것은 지도의 칠 할 이상이 푸른 먹칠이 되어 있었는데, 정파 무림맹의 영향권에 포함되는 지역이었다.

말 그대로 무림일통에 가까운 상태의 영향력을 가지고 있었다.

현화연의 숨겨진 지하 회의실에서 천마는 매선화를 통해 많은 정보와 현재 무림의 현황을 알게 되었다.

정보 조직의 수장답게 매선화의 무림을 바라보는 시야는 굉장히 넓었다.

매선화는 뛰어난 전략가는 아니었지만 군사로서의 재능이 있었다.

그것은 정보 조직에 들어오는 수많은 무림의 유동적인 변화를 지켜봐 왔기 때문일지도 몰랐다.

천마가 이렇게 연 며칠 동안을 현화연에서 시간을 보낸 것도 구체적인 계획을 수립하기 위해서였다.

"뭐, 사타를?"

"조사님의 팔을 이식해 주셨다고 하지 않았습니까?"

"흠."

"그런 의술을 가진 자는 중원에 둘도 없는 자입니다. 그리고 조사님께서 말씀하신 대로 사타 역시도 붉은 눈의 괴물과 접점이 있고, 원한 관계라면 더더욱 그자가 필요합니다."

"후우, 그 늙은이가 필요하다라."

천마의 입장에서는 죽이지 않은 것만으로도 큰 인내를 발휘한 것이었다.

탐탁지 않아 하는 천마를 매선화가 진중하게 설득했다.

"조사님, 신교의 본 단이 넘어간 이상, 지금 당장은 세력을 구축할 필요가 있습니다. 최대한 인재를 모으셔야 합니다."

"칫, 알겠다."

별로 마음에 들지 않는 인사였지만 매선화가 이렇게까지 말을 하니 순순히 응하는 천마였다. 물론 얼굴에는 짜증이 가득했다.

"부디 노여움으로 인해 일을 그르치지 마시길."

매선화는 계획을 수립하는 사흘 만에 천마의 성격을 제대로 파악했다.

삼 일 전을 회상하면서, 천마는 하나뿐인 눈으로 격하게 눈물을 쏟아내는 사타를 심드렁한 표정으로 쳐다보았다.

한참을 울던 사타는 진정이 되었는지 봉투 안에 있는 서찰을 꺼내 들었다.

봉투 안의 서찰은 총 두 장이었다.

한 장은 어딘가로 향하는 약도가 그려져 있었고, 다른 한 장에는 제조법이 들어 있었다.

"이건?"

사타는 제조법을 뚫어지게 쳐다보더니, 뭔가를 알았다는 표정으로 말했다.

"해독약에 관한 제조법이 아닌가?"

"의원이랍시고 잘 아는군."

'헛, 의원이랍시고?'

천마가 흘리는 한마디에 사타가 인상을 찌푸렸다.

"…약 제조에 관한 것이 약선만큼은 아니더라도, 노부는 명색이 중원 이대 의원일세."

"내가 뭐랬나."

"크흠."

괜히 헛기침만 나왔다.

원래 명성을 자랑스레 여기는 것은 아니었지만 왠지 모르게 자존심이 상하는 사타였다.

중원을 통틀어서 사타를 무시하는 투로 말할 수 있는 것은 천마뿐일 것이다.

"그런데 이 제조법, 정확한 것이 맞나?"

"이상한 점이 있나?"

"흐음, 뭔가 모자란 느낌인데."

사타가 고개를 갸웃거리며 고민에 빠지자 천마는 내심 놀라워했다.

이 제조법은 여환단의 해독약을 만드는 법이다.

그러나 완전한 것이 아니라 육 개월에 한 번씩은 복용해야 하는 약이었다.

'호오, 의술만큼은 인정해야겠군.'

"그것은 완전한 것이 아니다. 육 개월에 한 번씩 복용해야 목숨을 부지할 수 있게 만든 것이지."

천마의 말에 사타가 놀란 눈으로 물었다.

"자네 설마, 유 부인에게 준 약도 이것인가?"

"그래."

"허어, 어쩐지 독기가 완전히 가시지 않았다고 했더니."

천마와 거래를 통해 해약을 받은 유 부인은 쌍둥이 공자를 비롯해 가신들에게 복용시켰다.

그러나 이것이 진짜인지 가짜인지 확신이 가지 않았기에 사타에게 진맥을 해달라고 했다.

그때 독이 단전을 잠식하는 증상이 거의 호전되었으나, 독기가 일부 남아 있는 것이 이상하다고 여겼던 사타였다.

'매번 느끼지만 정말 무서운 놈이야.'

절대 허투루 넘어가는 법이 없었다.

완전한 해독제를 넘기지 않았다는 것은 뭔가 다른 이유가 있다는 말이었다.

"그럼 이 제조법을 맡기는 이유는?"

"오늘 이곳을 떠날 거다."

"…완전히 말인가?"

"그래. 네가 이곳을 뒷수습해 줘야겠다."

천마는 사실 일주일 전에 완전히 사마세가를 떠날 생각이었다.

하지만 현화연에서 향후의 계획을 수립하면서 이곳에서의 마무리 지을 일들이 생긴 것이었다.

'망할 계집.'

솔직히 천마는 사마연경에 대해서 전혀 신경 쓰지 않았다.

그녀가 죽든 말든 전혀 알 바가 아니었다.

하지만 만약 본인이 떠나고 나서 멍청한 쌍둥이 공자 때문에 사마연경이 죽는다면 짜증이 날 것 같았다.

"그러니까 이 해독약을 활용해서 사마 소저가 불이익이 없도록 해달라는 것이 아닌가?"

"잘 이해했다니 다행이군."

"켈켈, 피눈물도 없을 줄 알았는데, 그래도 사람 냄새가 나는구먼."

"거슬리는 게 싫어서다."

확실하게 의견을 말했지만 사타는 자기 해석을 하는 것 같았다.

뭔가 인간적인 면을 발견한 것 같다고 혼자 만족스럽게 웃고 있었는데, 뭔가 해명할까 하다 천마는 그냥 입을 다물었다.

"아! 하마터면 깜빡할 뻔했네그려."

"무엇을 말이냐?"

"그렇지 않아도 자네가 알아둬야 할 것이 있네."

사타는 사마염이 했던 말을 전달한다는 걸 깜빡했었다.

다른 것은 몰라도 천마가 사마세가를 떠난다고 하니 반드시 알아둬야 할 문제였다.

"정파 무림맹에서 은밀하게 각 문파를 돌아다니며 인재들을 차출한다고 하는데, 사마세가에서는 자네를 뽑았다더군."

"뭣? 인재를 차출해?"

"켈켈, 말이 인재지 사실상 볼모가 아닌가."

무림인만큼은 아니더라도 어느 정도 무림이 돌아가는 것을 아는 사타였다.

누가 보아도 각 파의 인재를 뽑는다는 명목하에 대놓고 볼모를 데려가겠다는 말이었다.

그럼에도 불구하고 어느 문파 하나 제대로 항의조차 못 했다.

그만큼 검문과 각 문파 간의 간극이 천지 차라는 것을 의미했다.

"이젠 누가 정파인지도 구분이 안 가는구만, 켈켈켈."

"어차피 무림일통을 하겠다는 것 자체가 패도의 길이다."

수많은 문파를 통제하기 위해서는 여러 수단이 필요했고, 볼모야말로 가장 효과적인 수단이기도 했다.

천마도 그 방법을 인정했지만 그것이 자신에게 적용된다는 것은 또 다른 문제였다.

"그런데 말일세, 검문 측에서 직접 자네를 요구했다더군."

"검문에서? 아아, 그때 그 말이 그런 뜻이었나."

'자네에게 생각할 시간을 주겠네. 어차피 조만간에 다시 볼 테니 말이야.'

문율이 사라지면서 남겼던 말이었다.

그 당시에는 몰랐는데, 지금에서야 의문이 풀렸다.

"이(利)가 들어맞았겠군."

"뭐, 자네가 저지른 게 있으니, 켈켈."

사마세가의 입장에서도 통제가 되지 않는 천마를 내보내는 것이 이익이니, 당연히 검문의 요구 사항에 찬동했을 것이다.

"늙은이, 내가 뭘 저질렀다는 거냐?"

"…아니, 뭘 저질렀다고 하기보다는 말이 그렇다는 게지, 흠흠."

"쓸데없는 농담하지 마라."

천마가 기분 나쁜 눈초리를 하며 말하니, 괜히 눈치가 보인 사타는 헛기침과 함께 시선을 회피했다. 공동 운명체가 되었다는 생각에 농담을 던져본 것인데, 일체 받아주지 않았다.

천마의 말 한마디에 의기소침해지는 사타였다.

"근데 또 다른 문제가 있네."

"무슨 문제냐?"

"내달 회일(晦日)까지 북무림에서 차출된 자들은 요녕에 있는 모용세가로 모이라더군."

북무림(北武林).

녕하, 산서, 산동, 하북, 북경, 천진, 요녕을 통틀어 북무림이라 칭한다.

어떤 목적을 가졌는지 모르나, 북무림이라 한정을 지었다는 것은 개별성을 띠고 있다.

"크큭, 재미있군. 누구의 생각인지는 모르겠으나."

화를 낼 거라 여겼는데, 의외로 흥미로운 표정을 짓는 천마를 보며 사타가 의아해했다.

내달 회일이면 두 달에서 약간 모자라는 시간이었다.

촉박한 시간 내에 소집을 한다는 것은 전쟁이 임박했음을 의미했다.

"이리 서두르는 이유를 도통 모르겠네그려. 기습이라도 할 요량인가?"

"기습이라."

이때까지의 검문의 행보를 바라보면 그 말에 신빙성이 있었다. 검문은 적을 공격하면서 사전 예고를 한 적이 한 차례도 없었다.

"당금의 검문은 무림인이라는 틀을 벗어났습니다. 그렇기에 조사님께서도 가벼이 여기셔서는 안 됩니다."

매선화는 조사에 대해 절대적인 믿음을 가졌지만 검문에 관해서 만큼은 엄중히 경각심을 주었다.

검문은 무림의 문파적인 면보다 철저하게 군사적인 전략을 따르고 있었다.

그것은 정파라는 정의적인 허울을 벗어던지고, 철저하게 패도의 길을 걷겠다는 것을 선언한 것과도 같았다.

"그럴 수도 있겠지. 하지만 뭔가 꿍꿍이가 있군."

"아니란 말인가?"

"예고가 없는 것은 아니지. 은밀하게 라고는 했으나 검문의 제자들이 직접 각 문파를 돌아다닌다면 오히려 적들의 경각심을 세우게 되지."

그것은 천마의 통찰이 맞았다.

중원 전체가 검문의 움직임을 예의 주시하고 있었다.

그런 만큼 검문의 제자들이 직접 각 문파를 돌아다니는 행위는 무림 전체의 경각심을 일깨우고 있었다.

"똑똑하군. 누군지 모르나 검문에 중원 전체를 장기짝으로 여기는 자가 있군."

"그게 무슨 소리인가?"

"아직 무림 전체에 신교 내의 분란이 퍼지지 않았어."

'신교?'

사타가 인상을 찌푸렸다.

신교라는 표현은 마교인들이 쓰는 표현이었다.

중원에서 마교의 교인들이나 경외로 쓰는 표현이었고, 보통은 마교라고 지칭한다.

'뭐지? 잘못 들었나?'

천마는 선인들의 수련법인 원영신을 단련했기 때문에 육신의 감정을 감응하고 읽어낼 수 있다. 사타의 미심쩍어하는 표정과 감정을 읽어냈다.

'크큭, 재미있군.'

사타는 천마에게 충성을 맹세했다. 그런데 정작 그 정체를 전혀 모르고 있다. 만약 그 정체를 알았을 때의 반응이 재밌을 것 같은 천마였다.

"어이, 늙은이. 제대로 듣고 있는 것이냐?"

"다… 당연하지 않나. 이 중요한 이야기를 하는데, 켈켈."

"흠, 아무튼 '마교' 내의 분란을 아는 자들이 없지."

'아… 내가 늙기는 했구만. 이런 것조차 잘못 들은 것을 보면. 허어, 그런데 이게 무슨 소리야. 마교 내부에서 분란이 있었다니?'

아주 잠깐 의문을 품었던 것은 풀렸지만 마교 내부의 분란이라는 말에 사타가 의아한 표정을 지었다.

이것은 최근에 있었던 각 문파의 주요 장로급 이상만이 아는 기밀이었다.

"풀어야 할 정보와 숨겨야 할 정보를 잘 이용하고 있는 것이다."

천마는 무공에서도 뛰어났지만 사고나 통찰력이 타의 추종을 불허할 정도였다.

그렇기에 무림에서 가장 견고하면서 거대한 세력인 마교를 세운 것이기도 했다.

뛰어난 의원이기는 했으나, 사타와 같은 범인은 이런 무림의 정세를 이해하기 힘들었다.

"이보게. 노부는 도통 자네가 무슨 말을 하는지 모르겠네."

"늙은이가 귀찮게 하는군."

"흠흠, 좀 가르쳐 주면 어디 덧나나?"

천마는 탐탁지 않은 표정으로 사타를 바라보다 결국 말해주었다.

"지금이 가장 적기다. 놈들이 무림일통을 생각한다면."

"적… 기라고?"

사타는 고개를 갸웃거렸다.

어떤 상황이 적기라는 것인지 이해가 가지 않았다.

방금 전에 분명 검문의 제자들이 움직였기 때문에 적들이 경각심을 가진다고 했는데 어떤 부분에서 적기라는 것인가?

"왜 검문이 남은 세력과 여전히 전쟁의 기미가 없었다고 생각하나?"

"혹시 마교 때문이 아닌가?"

마교가 비록 봉문을 선언했다고는 하나, 그 세력이 굉장한 것은 누구나 아는 사실이었다.

십만 교인이라는 말은 단순한 소문이 아니다.

단일 세력으로 삼대 세력이라 불릴 정도로 중원 전체에 미치는 영향력이 크다.

"그렇지. 지금 시기에 또 다른 세력을 굴복시키기 위한 전쟁을 벌인다면 아무리 봉문을 선언한 마교라도 기회를 엿볼 수도 있지."

"허어, 그런데 마교 내부에 분란이 생겼다면."

"그렇기에 무림일통의 적기라는 것이지."

"정보를 숨긴다니 그건 무슨 말인가?"

"검문이 노리는 나머지 세력들은 마교가 버젓이 있는 상황이니 정파 무림맹이 쉽사리 움직이지는 못할 것이라 여기고 있지."

"그야……."

"…멍청한 늙은이! 내가 이 정도까지 얘기했으면 알아들어라."

"크흠."

천마는 본디 그렇게 말을 많이 하는 성격이 아니다.

사타에게 꽤 친절하게 설명해 주었는데, 거의 못 알아듣다시피 하니 본래 불같은 성정이 튀어나왔다.

의기소침해진 사타는 민망했는지 괜히 헛기침만 해댔다.

"후우, 마지막이다. 잘 들어라."

"켈켈켈."

천마가 졌다는 듯이 고개를 절레절레 흔들며 말하자, 사타가 특유의 쇳소리가 섞인 웃음을 냈다.

"검문의 제자들이 각 파를 순회하는 것을 보인 이유는 일부러 정보를 푸는 것이다. 이것은 남은 세력들에게 보이기 위함이다."

"흠흠, 보이기 위함."

"그리고 마교에 분란이 일어났다는 건 정보를 숨겼다는 것이다."

"아아! 그랬구만 그랬던 것이었어."

그제야 사타는 천마가 말한 의도를 제대로 이해할 수 있었다.

검문이 각 문파를 순회하는 정보를 푸는 것은 마치 남은 마교의 잔당과의 전쟁을 벌일 것처럼 하면서, 실질적으로 무림에 남은 세력들과의 전쟁을 도모하는 것이었다.

"허어, 참으로 놀랍군. 기가 막힐 정도네."

"누구의 작품인지 그 얼굴을 보고 싶군그래."

"자네가 그리 말할 정도면 그렇구먼, 켈켈."

천마는 검문의 정체 모를 책략가를 칭찬했지만 오히려 사타는 천마를 더욱 놀라워했다.

단순히 정보만으로 숨겨진 진의를 파악하는 천마가 두려울 정도였다.

'이놈은 본인이 더 무섭다는 걸 모르는군. 나의 선택이 옳았어.'

새삼 천마를 따르기로 한 선택이 만족스러운 사타였다.

그러나 그 뒤에 천마가 하는 말을 들으며 사타의 얼굴은 종이처럼 구겨지고 말았다.

"크큭, 그런 놈의 사지를 찢어 죽인다면 과연 어떤 표정을 지을까."

"크흠."

역시나 정상적인 사고를 가진 것은 아닌 것 같았다.

잠시나마 이놈을 대단하다고 생각했던 자신을 책망한 사타였다.

당황해하던 사타가 천마에게 넌지시 물었다.

"그런데 자네는 어떻게 할 것인가?"

"무엇을 말이냐."

"요녕의 모용세가로 갈 것인지 묻는 걸세."

검문의 의도가 어찌 되었든, 천마의 입장에서는 선택을 해야만 했다.

지금까지 봐온 천마의 모습을 본다면 남이 의도한대로 움직일 남자가 아니었다.

"북무림의 후계자들을 소집했다. 요녕으로 모이라 한 것은 어디를 노리는 것 같나?"

질문에 오히려 다른 질문을 해버리는 천마였다.

'간다, 가지 않는다만 얘기하면 될 것을, 크흠.'

순간 울컥하기는 했지만 질문을 생각해 보니 궁금하기는 했다.

모용세가가 있는 요녕은 북무림에서도 최북단에 가까운 곳이었다.

'허어, 너무 위쪽인데.'

사타가 알기로 북쪽으로 정파 무림맹의 영향권이 아닌 곳은 단 한 곳뿐이었다.

"에이, 아닐 걸세. 그곳은 너무 머네. 더군다나 실질적인 위치 또한 알기도 힘드네."

사타가 이렇게까지 부정하는 이유가 있었다.

그곳은 무림인들이라고 해도 혹한의 환경에 가까운 곳이었다.

전쟁을 벌이기 위해 갈 만한 곳이 아니었다.

"북해빙궁이라, 크큭."

북해빙궁(北海氷宮).

세외 지역의 전설이라 불리는 곳이었다.

언제부터 북해빙궁이 존재했는지는 아무도 알 수 없다.

하지만 몽고를 가로질러 차가운 설한의 대지인 패가이호(貝加爾湖: 바이칼호의 중국식 명칭)에 자리 잡고 있다는 설만이 중원에 내려오고 있었다.

"그곳이 왜 전설이라 불리겠는가. 실질적으로 가본 이가 없어서 그렇네."

북해빙궁이 없는 것은 아니었다.

신기하게도 가본 이가 없다는 것이 문제였다.

사타가 가지고 있는 한빙보갑이 북해빙궁의 장인이 만든 작품이긴 하나, 이것은 사타가 과거, 황실의 왕자를 치료하면서 받은 하사품이었다.

"아무튼 노부는 잘 모르겠네그려."

"가본 이가 없기는 뭐가 없어."

"뭐?"

"재미있군. 이것도 운명이라는 것인가. 검문… 참으로 질긴 악연이군."

"악연?"

천마는 깊게 곰방대를 빨며 연기를 내뱉었다.

현화연에서 중원의 전략 지도를 보며 유일하게 검문의 손이 닿지 않은 곳을 확인했었다.

서장에 자리 잡고 있는 서독황의 구양독문,

상해 지역.

마지막으로 설한의 호수에 자리 잡고 있는 북해빙궁.

"…무슨 악연이라는 것인가?"

다소 어두워진 표정의 천마를 보며 사타가 조심스럽게 물었다. 이에 천마가 다시 한 번 깊은 연기를 내뿜으며 말했다.

"그곳에 내 검이 있거든."

"뭐… 뭣이라?"

북해빙궁에는 천마의 첫 번째 검인 현천검이 잠들어 있다.

사마세가를 떠나 향하려 했던 천마의 목적지는 바로 북해빙궁이었던 것이다.

17장
무림출도

시간은 빠르게 흘러 한 달이 지났다.

산서성 북단의 오태산을 지나면 북쪽으로 향하면 항산에 이른다.

과거 항산에는 오악파(五嶽派) 중 하나인 항산파가 근거지로 자리 잡고 있던 곳이지만 여러 풍파를 겪으며 항산파는 스스로 몰락의 길을 걸었다.

항산파가 이곳에서 뿌리를 내렸던 만큼, 항산 역시 정기가 깊고 수련하기 좋은 위치였다.

초가을의 항산은 알록달록 단풍으로 물들어 아름답기 그

지었었다.

"분명 이쯤이라 들었는데."

"약도가 참 애매해서."

항산의 깊은 산중에 죽립을 쓴 세 명의 인영이 길을 헤매고 있었다.

죽립에 백색 풍의를 두르고 있었지만 목소리를 들어보면 여인들임을 알 수 있었다.

"더 깊이 들어가면 큰 동굴이 있다는데 맞는 건지 모르겠습니다. 아까도 이 길을 지난 것 같기도 해서."

"난감하구나. 얼마 있지 않으면 해가 질 텐데."

큰 나무들 사이에 가려져 있었지만 해는 이미 서쪽으로 한참 기울어 있었다.

날이 어두워지면 산길을 찾기가 더 힘들었다.

"그분께서 기일에 맞춰달라고 하셨는데."

"일단 이쪽 방향은 아닌 것 같으니……."

쾅!

산 전체를 울리는 커다란 굉음 소리가 울려 퍼졌다.

그 소리가 어쩌나 컸던지, 사방의 수풀에서 새들이 파득거리며 하늘로 날아올랐다.

"설마?"

"가시죠."

죽립을 쓴 여인들은 무림인이었다.

익숙하게 경공을 펼치며 소리의 진원지를 향했다.

경공을 펼쳐서 산속으로 들어간 지 얼마 지나지 않아 그녀들은 놀라운 광경을 발견했다.

"이럴 수가……."

누가 할 것 없이 셋 다 동시에 탄성을 내질렀다.

깊은 산속에 이렇게 장관을 이루는 바위 절벽이 있을 줄은 몰랐다.

그런데 이들이 놀란 것은 바위 절벽이 아니었다.

"세상에 어떻게 저런 것이……."

높은 바위 절벽은 놀랍게도 거칠고 투박한 거대한 구멍들로 빼곡했다.

그것은 자연적으로 만들어진 것이 아닌 인위적인 힘이 가해진 것들이었다.

"조사님!"

그때 죽립인들 중 한 명이 죽립을 벗어 던지고, 바위 밑으로 한달음에 달려갔다.

바위 밑에는 한 남자가 상의를 탈의한 채 서 있었다.

남자는 다름 아닌 천마였다.

"아아."

죽립을 벗은 여인은 다름 아닌 현화연의 부루주인 약연이었다.

화려한 옷과 장신구를 걸쳤을 때와 다르게 백색 풍의를 두른 모습은 수수하면서 담백한 아름다움이 보였다.

"조사님을 뵙습니다."

그녀가 한쪽 무릎을 꿇고 예를 갖췄다.

그 뒤를 따라 나머지 두 여인도 죽립을 벗고 무릎을 꿇었다.

약연만큼은 아니었지만 꽤 아름다운 외모의 두 명의 여인들은 현화연의 이 층인 지(地)급 기생들이었다.

물론 실제 정체는 현화단의 지급 정보를 담당하는 무인들이기도 했다.

"일어나라."

천마의 목소리에 세 사람이 동시에 일어났다.

한 번도 천마의 얼굴을 본 적이 없었던 두 명의 지급 단원은 놀라움을 금치 못했다.

'어머나.'

'땀 흘리는 것 좀 봐.'

상의를 탈의하고 땀을 흘리고 있는 상체 근육은 탄탄하고 잘 발달되어 있었다.

한동안 수염을 깎지 않아서 덥수룩했지만 훤칠한 얼굴에 묘하게 거친 남성미가 느껴졌다.

홍루의 기생으로 수많은 남자를 접대해 온 그녀들이었지만 전혀 색다른 남성의 매력에 넋이 나갔다.

'이것들이!'

"흠흠."

약연이 일부러 기침을 하자, 민망해진 그녀들은 얼굴을 붉히며 고개를 숙였다.

그런 줄도 모르고 천마는 땀을 닦으며 자신의 오른팔을 쳐다보고 있었다.

놀랍게도 천마의 검었던 오른팔이 원래의 살색을 되찾았다.

'이제 겨우 쓸 만해졌어.'

천마가 이곳 항산으로 들어온 것은 수련을 위함이었다.

북호투황의 팔을 얻어서 기연을 이뤘지만 그 힘을 제어하기가 힘들었다.

천마는 수련을 하는 틈틈이 오른팔의 혈도와 운기의 행공을 파악해, 팔에 담긴 북호투황의 신공의 비밀을 일부 알아낼 수 있었다.

'뭐, 나 정도 되니까 이게 가능하지.'

속으로 자화자찬했지만 북호투황이 보았다면 놀랄 만한 일이었다.

신공을 극성으로 익힌 북호투황조차도 팔의 변색만큼은 어쩌지 못했으니 말이다.

'좀 더 여유가 있었다면 좋았을 텐데, 쯧.'

안타까운 것은 시간이 부족해 만족할 만큼의 무력을 회복하지 못한 점이었다.

천마의 기준에선 겨우 지금의 육신에 맞춰 가다듬은 정도였다.

"대단하십니다, 조사님."

약연이 천마를 향해 존경의 눈빛을 보내며 말했다.

하지만 그런 약연의 말에 천마는 전혀 반응을 보이지 않았다. 오히려 뭔가 만족스럽지 못한 표정을 하고 있었다.

'아, 이분은 이 정도의 강함에도 만족하지 않는구나.'

비록 기생의 신분으로 정보 조직에 속해 있으나, 그녀 역시도 무림인이었다.

천마의 이런 모습은 약연에게 있어서 스스로를 생각해 보게 만들었다.

"아! 조사님, 단주가 전해 드리라고 한 것을 가져왔습니다."

약연이 눈짓을 하자, 두 단원들이 메고 있던 봇짐에서 무언가를 주섬주섬 꺼냈다.

그것은 검은색 무복을 비롯해, 털옷 등 여정에 필요한 것들이었다.

"위로 올라가실 수도 있다 해서 따뜻한 것으로 준비했습니다."

"호오?"

천마가 털옷에 호기심을 느꼈는지 그것을 들어 한번 입어보았다.

가죽과 여우 털로 재단한 털옷은 생각보다 따뜻했다.

"괜찮군."

"후후후, 마음에 드신다니 다행입니다."

사실 털옷은 약연이 준비한 것이었다.

조사인 천마가 털옷을 마음에 들어 하는 것 같아, 괜히 기분이 좋아지는 그녀였다.

북해빙궁으로 갈지 모른다는 말에 미리 준비한 것이었다.

"항산 밑으로 내려가시면 객잔에 타고 갈 말을 준비해 두었습니다. 이것을."

약연이 말의 문양이 그려진 철패를 바쳤다.

"이게 뭐지?"

"고을마다 역관이 있는데, 그 패를 사용하시면 말을 바꿔 타실 수 있습니다."

약연이 준 것은 마패로 말을 갈아탈 수 있는 증패였다.

아무리 빠른 말이라도 한참을 달리면 일정 휴식을 가져야하기에 빠른 이동을 위해 역에서 다른 말로 바꾸는 용도였다.

"그런데 조사님."

"왜 그러느냐."

"정녕 저희가 모시지 않아도……."

"괜히 번거롭기만 할 뿐이다. 너희들의 임무에 충실해라."

천마가 단박에 거절하자, 머쓱해졌는지 약연이 괜히 자신의 머리를 만지작거렸다.

사실 약연을 비롯한 단원 둘은 단주인 매선화에게서 천마의 허락이 떨어지면 모시라는 명을 받고 이곳으로 왔다.

'그분의 성정상 분명 거절하실 것이다.'

'단주의 말씀대로구나.'

준비해서 오긴 했지만 매선화의 예상대로였다.

조금은 아쉬운 마음이 들었지만 애써 티를 내지 않았다.

옷을 갈아입은 천마와 그들은 날이 저물기 전에 말을 맡겨둔 객잔으로 향했다.

"다행입니다. 날이 저물기 전에 도착해서."

객잔에 도착하니, 붉게 물들었던 하늘이 어느새 어두워져 있었다.

"저희는 이만 물러가겠습니다."

자신을 위해서 여기까지 와준 이들을 밤늦게 그냥 보내기도 그랬던지라, 천마는 그녀들에게 객잔에서 저녁 식사를 하고 아침에 출발하라 하였다.

"아이고, 손님들."

객잔으로 들어서자 객잔의 주인으로 보이는 호리호리한 노인이 다가왔다.

노인은 약연에게 다가와 어쩔 줄 모르는 표정을 지으며 말했다.

"저기, 조금 문제가 생겼습니다요."

"주인장, 무슨 일이죠?"

객잔 안을 둘러보니 온통 황색 무사복을 입은 이들로 가득했다. 무림의 어느 방파 사람들인 듯했다.

독특한 것은 하나같이 상처투성이에 투박하고 거친 자들이었다.

'처음 보는 이들인데.'

현화단의 부단주인 약연조차도 모르는 이들이었다.

그들은 객잔에 전세라도 낸 것처럼 일 층 내의 자리를 전부 차지하고 있었다.

눈치를 보던 객잔 주인이 조용한 목소리로 말했다.

"아까 전에 오신 분들인데, 갑자기 오늘 객잔을 통째로 빌리신다고 해서서……."

"무슨 소리예요! 저희가 선납을 하고 예약해 두었는데."

약연이 눈썹을 치켜 올리며 말했다.

그도 그럴 것이 항산에 들어가기 전, 말을 맡기면서 미리 방값을 지불해 둔 상태였다.

노인은 당혹스러운 얼굴로 죄송하다는 말만 반복했다.

"아이고, 죄송합니다. 저기 무사분들이 칼까지 들이대면서 말씀하시니 어찌할 도리가 없었습니다요."

객잔의 주인 입장에서는 난감한 상황이었다.

사전에 예약한 손님이 있다고 거절하려 했으나, 대략 서른 명 정도 되어 보이는 무사 집단이 이곳을 통째로 빌린다고 압박하니 어쩔 수 없었던 것이었다.

"어이가 없군요."

"죄송합니다요, 손님. 당장 환불해 드리겠습니다."

간혹 객잔을 통째로 잡는 경우가 있기는 하나, 다른 손님이 미리 묵고 있거나 예약이 되어 있다면 그 방을 제외하는 것이 보통의 예의였다.

일부러 그랬다고밖에 볼 수 없었다.

심지어 황색 무사들은 마치 그들이 보라는 것처럼 술잔을 기울이며 와자지껄 신이 나 있었다.

"요즘도 이런 버르장머리 없는 놈들이 있군."

"네?"

"아……."

순식간에 약연을 비롯한 객잔 주인의 얼굴이 굳어버렸다.

천마가 황색 옷을 입은 무사 집단을 바라보며 평가하듯이 내뱉은 말이었다.

그런데 그 소리가 너무 컸다.

와자지껄 떠들면서 식사 중이던 황색 옷의 무사들의 시선이 한순간에 객잔 입구에 서 있는 천마에게로 향했다.

"어이, 방금 전의 그 말, 형장이 한 것이오?"

황색 옷의 무사들의 대장으로 보이는 사내가 다가와 말했다.

오른쪽 눈에는 눈썹부터 입술까지 닿는 검상의 흉터가 보이는 자로 꽤나 거칠어 보였다.

겉보기만 봐서는 낭인 같아 보였다.

"형장? 웃기는 놈이로구나. 내가 왜 네 형장이냐."

"뭣? 이놈이 정녕 돌았구나."

"돌긴 뭘 돌아, 미친놈."

약연은 지금 눈앞에 있는 남자가 자신이 아는 천마 조사님이 맞는지 의심이 갔다.

여태 의식하지 못했는데, 이렇게 입이 거칠 거라고는 상상도 하지 못했다.

그녀의 뒤에 있는 현화단의 단원들 역시도 입을 벙긋거리며 당황해하고 있었다.

"이노오오옴!"

결국 화를 참지 못한 흉터의 사내가 등허리에 차고 있던 도집에서 도를 빼 들었다.

단박에 천마의 목을 벨 기세로 휘둘렀다.

그러나.

댕강!

"엇?"

쇠가 부러지는 소리와 함께 사내의 도가 두 동강이 나버렸다.

천마가 오른손을 들어 올려 날아오는 도에 손을 댔을 뿐이
데, 그렇게 된 것이었다.

"더 지껄일 말이 있느냐?"

"어… 어버버."

너무 놀란 나머지 흉터의 사내는 말을 더듬었다.

"말하는 법도 잊었나?"

뻑!

"끄어어어어억!"

콰당! 쨍그랑!

천마가 오른손으로 손가락을 튕겼을 뿐이었는데, 이마를 가
격당한 흉터의 사내가 비명과 함께 황색 무사들이 있는 탁자
위로 날아가 버렸다.

"고, 고수다!"

"제기랄!"

이 광경에 놀란 황색 무사들이 긴장한 얼굴로 우르르 병장
기를 들고 일어났다.

"하아."

약연이 한숨을 내쉬었다.

왠지 불같은 천마의 성정에 사달이 날 수 있다고 여겼는데,

아니나 다를까 벌어졌다.

그래도 왠지 모르게 속이 시원한 건 어쩔 수 없었다.

'후후, 기분은 좋네.'

약연은 숨겨진 정보 조직이었기에 무림인이라는 것을 항상 숨겨야 했다.

그렇기에 시비가 생겨도 참아야 하는 경우가 많았다.

천마의 거친 입담과 거리낌 없는 행동에 잠시 놀랐으나, 속이 뻥하고 뚫리는 기분이었다.

"조사님을 보호해라!"

약연이 허리춤에 감겨 있던 부드러운 연검을 빼 들자, 뒤에 있던 현화 단원들도 어쩔 수 없다는 듯이 검을 빼 들었다. 그들 역시도 약연과 같은 마음이었다.

그러나 이들은 천마의 제지에 다시 검을 집어넣어야 했다.

"나서지 마라."

"네? 하나……."

"시험해 볼 것이 있다."

"알겠습니다, 조사님."

의도한 상황은 아니지만 천마는 이참에 한 달가량의 성과를 확인하고 싶었다.

천마가 천천히 오른팔 소매를 걷어 올렸다.

천마가 객잔 안으로 발걸음을 옮기자, 뒤에 비친 초롱불에

길게 늘어진 그림자가 일 층 식당을 반쯤 가리며 암운이 드리웠다.

불과 일각도 채 되지 않은 시각이었다.

어느새 천마가 걷었던 오른팔 소매를 내리고 있었다.

검은색 무복을 입어서 잘 티가 나지 않았지만 얼굴에 튄 핏자국은 매우 선명했다.

"히끅!"

객잔 주인은 바닥에 엉덩방아를 찧고 넘어져서는 창백해진 얼굴로 딸꾹질만 연신 해댔다.

객잔 안은 가관도 아니었다.

식당에 멀쩡한 남아 있는 것들이 없었다. 탁자와 의자들은 거의 다 부서져 있었고, 부러진 병장기들이 벽과 나무 바닥에 꽂혀 있었다.

"이게 무슨 재앙이란 말인고, 히끅!"

황색 무사들은 바닥에 널브러져 있었는데, 대다수가 몸이 성치 못했다.

다행인지 아닌지, 죽은 자는 아무도 없었다.

"쿨럭쿨럭, 이… 이 괴물 같은 놈! 사람이 어떻게 이리 잔인할 수 있단 말이더냐!"

유일하게 정신을 차리고 있는 민머리의 무사가 어이가 없다는 듯이 입에 피를 흘리며 열변을 토했다.

그도 그럴 것이 몸이 성하지 않은 정도가 심했다.

팔이 뽑힌 자를 비롯해 가슴이 눌리고, 다리를 짓뭉갠 자도 있었다.

말이 죽이지 않은 것이지 살아 있는 것보다도 못 한 상태였다.

'끔찍하다. 그런데 조사님께서 펼치신 권은 왠지……'

천마는 오직 오른팔로만 무공을 펼쳤다.

약연은 북무림 출신이기 때문에 북무림에서 유명한 무공에 관한 것은 꽤 잘 알고 있다.

그런데 천마가 펼치는 권(拳)을 보는 순간 단 한 사람이 떠올랐다.

'왜 북호투황이 떠오른 거지?'

그녀는 의아했지만 천마와 같은 마교의 개파 조사가 알지 못하는 타인의 무공을 쓸 리가 없다고 여기며 고개를 절레 흔들었다.

만약 천마의 팔이 북호투황의 오른팔임을 알게 된다면 그녀의 반응은 어떠할까.

'그나저나 정말 손속에 사정을 두시지 않는구나.'

객잔 식당의 처참한 광경에 눈살을 찌푸려질 정도였다.

약연뿐만이 아니라, 두 단원도 제대로 쳐다보지 못하고 고개를 돌리고 있었다.

'그런데 이자들, 정체가 뭐지?'

황색 무사들은 무림인 치고는 삼류 정도에 속할 만큼 약해 빠진 자였다.

어느 문파나 방파의 소속이라기보다는 오히려 낭인에 가까 웠다.

"어이."

"힉……!"

천마가 씩씩거리는 민머리 무사에게로 다가갔다.

방금 전까지만 하더라도 열변을 토하던 민머리의 무사는 막상 천마가 흉흉한 살기를 뿜어대며 다가오자, 움찔하더니 아무 말도 하지 못했다.

"네놈이 잘나서 남긴 줄 아느냐?"

"그… 그게 무슨 뜻이오?"

어느새 민머리의 말투가 공손해졌다.

천마가 가진 특유의 위압감은 민머리 무사를 두렵게 만들 었다.

"네놈들, 뭐 하는 놈들이냐?"

"뭐… 뭐 하는 놈들이라니… 보, 보면 모르오?"

천마의 질문에 민머리 무사는 말을 더듬으며 당황해했다.

아무리 삼류 문파라고 해도 기강이라는 것이 있었다.

이들의 싸움은 협공에 있어서 아무런 체계가 잡혀 있지 않왔다. 심지어 병장기를 휘두르다 동료를 베기까지 했다.

"헛소리 지껄이지 말고."

"우, 우리는 하북성 사도방의 무사들이오."

[사도방은 하남성에 있는 방파입니다. 그리고 정파입니다.]

뒤에 있던 약연이 천마를 향해 전음을 보냈다.

민머리 무사의 입장에서는 정말로 운이 없다고 할 수 있었다.

무림에 수많은 문파와 방파들이 우후죽순으로 생겼다가 사라지기에 그것을 전부 파악하기는 힘들다.

[개파(開派)한 지 얼마 안 된 방파라 모르는 이가 많습니다.]

하지만 마교의 교주 직속 정보 조직인 현화단은 현 무림에 있는 대다수의 무림 조직을 파악하고 있었다.

"네놈들, 정파냐?"

"보, 보면 모르시오. 우… 우리는 사파의 사람들이오."

물론 정파라고 하기에는 생김새들 자체가 너무 우락부락하고 거칠었다.

문제는 어설프게 속이려 들었다는 것이다.

"하… 그걸 말이라고 하나?"

"네?"

퍽!

"끄억……! 으으으… 으으, 퉷!"

화가 난 천마가 민머리 무사의 턱을 냅다 차버렸다.

어찌나 세게 찼던지, 민머리 무사는 고통스러운 듯이 신음을 흘리더니 부러진 이빨들을 뱉어냈다.

"한 번만 더 거짓말을 하면 네놈의 목을 뽑을 것이다."

"히… 히익!"

"네놈들, 누가 보낸 거냐?"

천마의 의미심장한 질문에 민머리 무사의 동공이 심하게 흔들렸다. 공포에 질린 건지 아니면 질문에 당황한 건지 구분하기 힘들었다.

"곱게 말을 하기는 싫나 보지?"

콱!

그런 민머리 무사를 천마가 멱살을 잡고 들어 올려 눈을 마주쳤다.

'무… 무슨 눈이?'

천마의 피처럼 붉은 눈과 마주친 민머리의 무사는 더욱 공포에 사로잡혀 몸을 부들부들 떨기 시작했다.

"누… 누가 부탁한지 모르오. 단지……."

"단지?"

"어디 소속인지 모르는 표사가 중개인으로 저희들에게 선수금을 전달했다는 것만 알고 있소."

민머리 무사의 말은 사실이었다.

그들은 산서성을 떠도는 낭인으로 정체 모를 표사 복장을 한 남자에게 부탁을 받았다.

표사는 자신이 중개인이라고 하며 의뢰자의 부탁을 이행한 다면 선수금의 세 배의 대가를 약속했다.

"그 부탁이란 게 뭐지?"

"그냥… 시비를 걸어달라고, 만약 가능하다면 다리 정도만 부러뜨려 달라고 했소."

다리를 부러뜨려 달라는 의뢰를 받았다는 말에 약연이 어이가 없다는 듯이 콧방귀를 뀌었다. 누구의 부탁인지는 몰라도 크게 실수했다.

'어떤 의도인지는 모르나, 조사님에 대해서 잘 모르는 것 같다. 고작 낭인 따위를 시키다니.'

의뢰를 한 자 역시도 상당히 어설퍼 보였다.

그렇게 파악이 되자 약연은 조금은 안도가 되었다.

원영신으로 민머리 무사의 진의를 파악해 본 천마는 그것이 진실이라는 것을 알았다.

"거짓말은 아니군. 아쉽게 되었어. 목을 뽑아주려 했는데."

"히익!"

정말 아쉽다는 듯이 입맛을 다시는 천마를 보며 민머리 무사는 얼굴이 새하얗게 질려 버렸다.

휙! 털썩!

"으으으."

천마는 더 이상 볼일이 없다는 듯이 민머리 무사를 그대로 내팽개쳤다.

어수선한 주위를 둘러보더니, 엉망이 된 이곳에서 식사를 하고 싶은 생각이 사라졌다.

"약연, 근처에 다른 객잔이 있나?"

"조금만 더 내려가면 작은 고을이 하나 있습니다."

"여기서 식사는 글렀으니 그리로 가자."

그 말과 함께 천마는 그대로 객잔에서 나가 버렸다.

약연은 엉망이 된 객잔 식당을 한번 훑어보더니, 객잔 주인에게로 다가가 전표 한 장을 쥐어주며 말했다.

"이것을 보태서 가게를 수리하고, 저자들은 알아서 수습해 주세요."

"히끅, 아… 알겠습니다."

두려움에 빠진 객잔 주인은 딸꾹질과 함께 연신 고개를 끄덕였다. 괜히 죄 없는 객잔 주인이 피해를 보는 것 같아서 뒷수습을 한 것이다.

"아!"

문득 무언가가 궁금했는지, 약연이 민머리의 무사에게 다가 갔다.

혹시나 후환을 제거하려는 것인가 두려워진 민머리 무사가 뒷걸음을 쳤다.

"해하려고 하는 것이 아닙니다."

"그, 그럼 무엇 때문에 그러시오?"

"혹시 그 표사라는 자가 어떤 옷을 입었는지 기억하십니까?"

정체 모를 표사라고는 했지만 중원의 표사들이 전부 같은 복장을 한 것은 아니었다.

그렇기에 혹시나 하는 마음에서 물어보는 것이었다.

민머리의 무사는 잠시 고민에 빠지더니, 조심스러운 목소리로 말했다.

"그냥 청색 옷을 입기만 했었는데… 아! 그런데 두건을 쓰고 있었는데, 다섯 손가락의 문양이 그려져 있었소."

"다섯… 손가락?"

다섯 손가락이 그려진 문양.

무림에 관해서는 빠삭하다고는 하나, 표사들의 복식을 일일이 알고 있진 않았다.

그래도 정보를 얻은 것만으로 수확이 크다고 여겼다.


천마와 약연 등이 떠나고 얼마 지나지 않은 시각이었다.

두려움으로 인한 떨림이 멈추지 않는지, 민머리의 사내는 쓰러진 동료들 틈에 허탈하게 앉아 술병을 들이켜고 있었다.

부상이 심한 다른 낭인들은 여전히 정신을 차리지 못하고 있었다.

그때, 객잔으로 들어오는 발소리가 들려왔다.

'뭐지?'

아직 늦은 저녁이 아니었는지라 손님이 온 것인가 여겼다.

그러나 객잔으로 들어온 자를 본 순간 민머리의 사내의 동공이 커졌다.

붉은 피풍의를 입고 긴 머리를 산발로 풀어헤친 자였다.

서늘한 귀기(鬼氣)마저 느껴지고 있었다.

객잔 주인이 황급히 그에게로 다가가, 머리를 굽히며 돌려보내려 했다.

"좌… 죄송합니다, 손님. 보시다시피 오늘은 장사하기가……."

푹!

"컥."

단말마의 신음성과 함께 객잔 주인이 바닥으로 쓰러졌다.

순식간에 죽음을 맞이한 객잔 주인을 보며 놀란 민머리의 사내가 재빨리 바닥에 엎어져 죽은 척했다.

'뭐… 뭐야, 저… 놈. 대체 정체가 뭐지?'

귀기를 풍기는 산발의 사내는 객잔 바닥에 쓰러져 있는 낭인들을 하나씩 살펴보고 있었다.

뭔가를 알아내려 하는 것처럼 낭인들의 다친 상흔들을 자세히 살펴보았다.

그러더니.

푹!

'홉!'

실눈을 뜨고 지켜보던 민머리의 사내는 순간 소리를 지를 뻔했다.

산발의 사내가 살펴본 낭인들의 머리를 검으로 꽂아버린 것이었다.

정신을 잃고 쓰러진 낭인들은 자신들이 어떻게 죽었는지도 인지하지 못한 채, 죽음을 맞이했다.

푹!

푹!

반복적으로 낭인들을 살펴보고 검을 꽂는 소리가 차츰차츰 민머리의 사내의 가까이에서 들려왔다.

민머리의 사내는 두려움에 사로잡혀 어떻게 해야 하나 고민되었다. 이대로 가만히 있다가는 자신도 죽을 것이 뻔했다.

'도망가야 한다! 어떻게든 도망가야 해!'

발악이라도 해야겠다고 생각된 민머리의 사내는 입술을 질끈 깨물고 벌떡 일어났다.

그 순간.

콱!

어느새 다가왔는지 산발의 사내가 그의 목을 움켜잡았다.

한달음에 달려올 거리가 아니었는데, 무서울 정도의 **빠른** 몸놀림이었다.

"죽은 척했었네?"

오싹!

온몸에 소름이 돋을 만큼 스산한 목소리에 민머리의 사내는 하얗게 질려서, 이빨을 딱딱거리며 떨었다.

"제… 제발 살려주세… 헉! 다… 당신, 그 눈?"

산발한 머리카락 사이로 보이는 붉은 안광.

아까 전에 보았던 괴물과도 같은 사내와 같은 눈이었다.

푹!

그 순간 민머리의 사내의 이마가 날카로운 검에 꿰뚫렸다.

산발의 사내가 힘없이 늘어진 시신을 바닥에 내려놓으며 혼잣말을 중얼거렸다.

"알아. 나도 이 눈 소름 끼쳐, 크큭."

『천마님, 부활하셨도다』 3권에 계속…

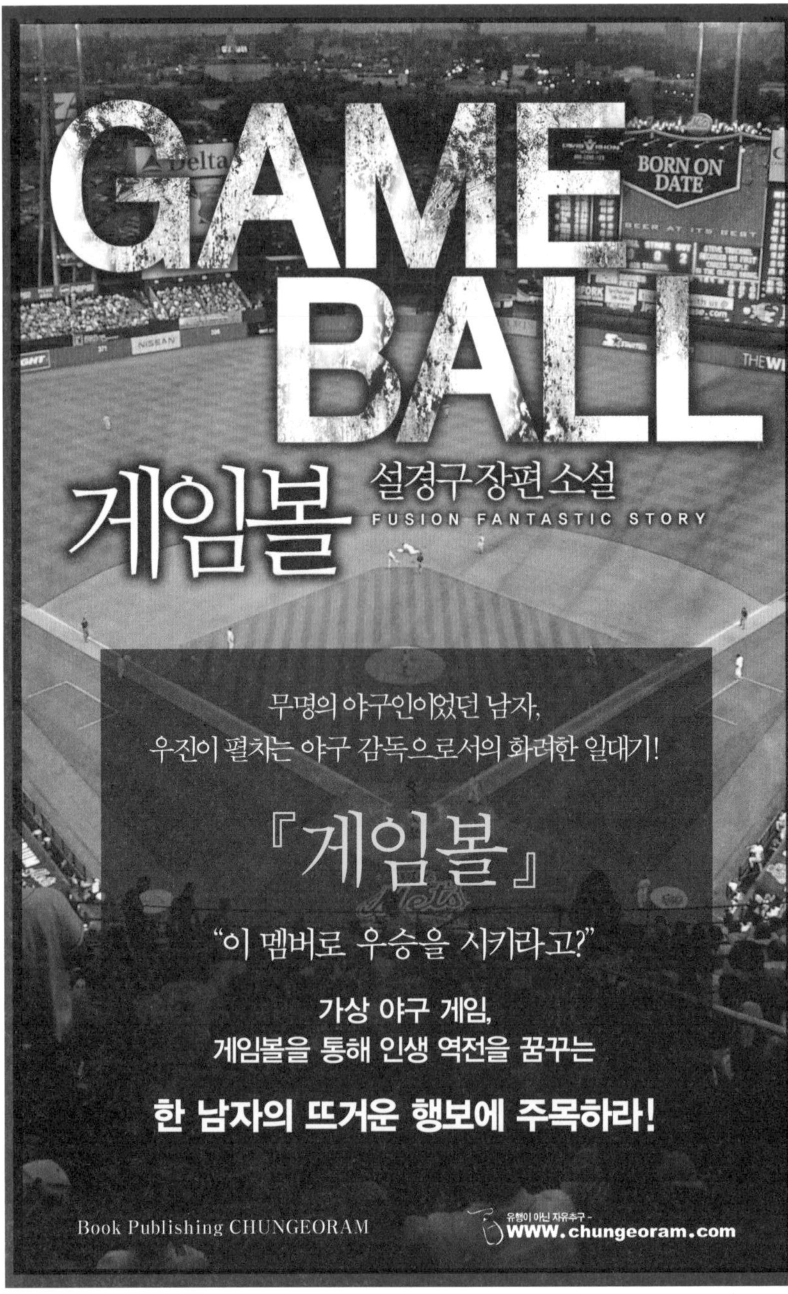
GAME BALL
게임볼
설경구 장편 소설
FUSION FANTASTIC STORY
무명의 야구인이었던 남자,
우진이 펼치는 야구 감독으로서의 화려한 일대기!
『게임볼』
"이 멤버로 우승을 시키라고?"
가상 야구 게임,
게임볼을 통해 인생 역전을 꿈꾸는
한 남자의 뜨거운 행보에 주목하라!
Book Publishing CHUNGEORAM
유행이 아닌 자유추구 -
WWW.chungeoram.com

박선우 장편소설

FUSION FANTASTIC STORY

무림을 휩쓸던 '야차(夜叉)'가 돌아왔다.

『투신 강태산』

여행사 다니는 따뜻한 하숙생 오빠이자
국가위기 특수대응팀 '청룡'의 수장.
그리고 종합격투기계를 휩쓸어 버린 절대강자.
전 세계를 무대로 펼쳐지는 투신 강태산의 현대 종횡기!!

"나는, 나와 대한민국의 적을, 철저하게 부숴 버릴 것이다."

서러웠던 대한민국은 잊어라!
국민을 사랑하는 대통령과 절대강자 투신이 만들어 나가는
**새로운 대한민국이 펼쳐진다!!**

FUSION
FANTASTIC
STORY

# Miracle Direction
## 기적의 연출
서산화 장편소설

천재 영화감독, 스크린 속 세상을 창조하다!

『기적의 연출』

대문호 신명일과 미모로 손꼽히던 여배우 김희수의 아들 신지호.
일가족은 불운한 사고로 인해 크나큰 비극을 겪는다.
이 사고로 섬광 기억(Flashbulb memory)이라는 능력을 얻게 된 그 순간!
그의 모든 게 달라졌다.

"배우의 혼을 이끌어내고, 관중의 영혼을 붙잡아야 합니다.
그게 제 목표입니다."

완전한 감독을 꿈꾸는 신지호.
이제 그의 영화가, 세상을 홀린다!

Book Publishing CHUNGEORAM